BESTSELLERWORLDBOOK 11

아홉 가지 슬픔에 관한 명상

칼릴 지브란 지음 | 안정효 옮김

소담출판사

안정효

서강대학교 영문과 졸업. 제1회 한국 번역 문학상 수상.
저서로는 『동생의 연구』, 『전쟁과 도시』, 『가을바다 사람들』, 『길잠』, 『White Badge』 등이 있고,
역서로는 『험볼트의 선물』, 『가시나무새』, 『가장 사랑하는 친구』 등이 있다.

BESTSELLER WORLDBOOK 11

아홉 가지 슬픔에 관한 명상

펴낸날 l 1991년 9월 10일 초판 1쇄

지은이 l 칼릴 지브란
옮긴이 l 안정효
펴낸이 l 이태권
펴낸곳 l (주)태일소담
　　　　서울시 성북구 성북동 178-2 (우)136-020
　　　　전화 l 745-8566~7 팩스 l 747-3238
　　　　e-mail l sodam@dreamsodam.co.kr
　　　　등록번호 l 제2-42호(1979년 11월 14일)
　　　　홈페이지 l www.dreamsodam.co.kr

ISBN 89-7381-011-1 00890

Spiritual Saying Of Kahlil Gibran

Kahlil Gibran

"나는 사람들이 가는 길을 밝혀 주는 촛불이다."라고 말하는 사람이라면
나에게 가까이 오지 못하게 하되,
사람들의 빛을 따라 길을 찾아오려고 하는 사람이라면
나에게 더 가까이 오게 하여라.

Spiritual Saying Of Kahlil Gibran

차례

옮긴이의 말

| 보물찾기 |

헌 책방(古書店)은 흐뭇한 여유를 주는 곳이다. 중·고등학생일 때에는 남이 쓰고 팔아 치운 헌 교과서를 싼값으로 사기 위해 드나들었고, 대학 시절에는 부족한 용돈으로 여러 권의 원서(原書)를 사는 맛에 드나들었고, 사회인이 된 다음에는 보통 책방에서는 찾을 수 없는 희귀한 책을 만날 기회를 마련해 주는 바람에 보물찾기를 하는 기분으로 나는 요즈음에도 헌 책방을 열심히 찾아다닌다.

금년 6월에는 내 소설 『하얀 전쟁』이 미국에서 출판되어 그 판매 촉진을 위해 시카고, 로스앤젤레스, 호놀룰루, 뉴욕을 한 달 동안 돌아다녔다. 그때 뉴욕에 머무는 동안 나의 출판 대리인 메트(David Meth) 씨가 소개하는 헌 책방 두 군데를 찾아가 구경해 봤다. 글을 쓰는 사람이라면 꼭 한 번 가서 봐야 한다는 충고에 따라. 두 책방 모두 참으로 마음에 드는 곳이었다. 지하실까지도 케케묵은 책들이 산더미처럼 진열되어 있었는데, 50센트짜리 헌 책도 수두룩했다.

그리고 로스앤젤레스의 할리우드에 있는 고서점에도 가 보았다. 표지가 헐었거나 종이 빛깔이 누렇게 변한 책들을 뒤적이며, 누가 누구에게 선물한다는 등의 글이나 짤막한 감상문, 갖가지 낙서가 담긴 책들은 언젠가 그 책을 열심히 읽었을 사람들의 체취를 물씬 맡을 수 있었다. 그 낙서들은 생생한 삶의 소묘 같기도 했다.

이번 여행은 신문·텔레비전 등과의 인터뷰 일정이 바빠 책방에서 보내는 시간을 많이 할애하지는 못했지만, 그래도 이 고서점들에서 구입한 책이 아마도 브렌타노 같은 큰 서점에서 사들인 책보다 더 많았던 듯싶고, 이 『칼릴 지브란의 잠언집(Spiritual Saying of Kahlil Gibran)』도 역시 어느 헌 책방에서 몇십 센트를 주고 산 것이다. 하지만 이 값싼 한 권의 책이 얼마나 값진 보물이었던가.

나는 이 책을 번역하면서, 특히 짤막한 희곡 형식을 취한 『아실반』을 옮기며, 1972년에 일본을 다녀올 때 하네다 공항 로비 책방에서 우연히 눈에 띄어 사서 읽어 본 유키오의 영어판 『노극집(Five No Plays)』에서 느낀 감동을 다시 느꼈다. 바로 이런 작품이야말로 '주옥'이라고 일컬어도 모자람이 없으리라는 생각을 하면서.

칼릴 지브란은 이미 우리나라에서 여러 저서를 통해 널리 알려져 있기 때문에 따로 긴 소개가 필요하지는 않으리라고 생각한다. 그는 1883년 레바논의 베샤르에서 태어났는데, 당시에는 레바논이 시리아로부터 독립하지 못한 상태였다.

그의 초기 작품은 아랍어로 쓴 산문시가 주종을 이루었으며, 그의 희곡들은 중국에서 스페인에 이르기까지 아랍어권이 미치는 모든 지역에 널리 알려졌다.

지금까지도 그는 동양과 서양 문화권에서 다 같이 가장 널리 읽히는 20세기의 작가들 가운데 한 사람으로 알려져 있다.

그는 1910년경부터 뉴욕의 그리니치 빌리지에서 살다가 1931년에 사망했다.

그의 주요 저서로는 『부러진 날개』 『광인(狂人)』 『예언자』 『방랑자』 『스승의 목소리』 『칼릴 지브란의 자화상』 『영혼의 거울』 『눈물과 웃음』 『사상과 명상』 『지브란의 지혜』 등이 있다.

—1990년 새해 아침 안정효

잠언

사랑은 떨리는 행복이다.
이별의 시간이 될 때까지는 사랑은 그 깊이를 알지 못한다.

나는 이슬방울을 명상하여 바다의 비밀을 알아냈다.

~

선물이 늘어나면 친구는 줄어든다.

~

습성과 충동이 아니라 이성의 다스림을 받는 사람을 어디서 찾아낼 수 있을 것인가?

~

만일 그대가 가난한 사람이라면 인간을 부유함의 자로 재려고 하는 자들과 인연을 맺지 말라.

나는 꿈과 소망이 없는 자들 사이에서 군주가 되기보다는, 실현시킬 포부를 지닌 가장 미천한 자들 사이에서 꿈꾸는 사람이 되는 쪽을 선택하리라.

～

인생이 제공하는 가장 중요한 두 가지 선물인 아름다움과 진실 가운데, 나는 첫 번째 것을 사랑하는 마음속에서 그리고 두 번째 것은 일하는 사람의 손에서 찾아냈다.

～

사람들은 흑사병을 이야기할 때는 두려움과 전율을 느끼지만, 알렉산더와 나폴레옹처럼 파괴하는 자를 이야기할 때는 열광적인 흠모를 드러낸다.

～

검약함이란 인색한 자들을 제외한 모든 사람에게 너그러움을 뜻한다.

～

식사하는 모습을 보고 그들이 누구인지를 나는 알았다.

～

자신의 꿈을 황금과 은으로 해석하는 것보다 더 낮은 수준으로 몰락

할 수 있는 인간은 아무도 없다.

∽

고집 센 수다쟁이에게 누가 이런 말을 했다. "당신의 대화는 병든 마음에 위안을 주고 치유 효과를 가져옵니다." 그러자 그는 입을 다물고는 의사가 되겠다고 했다.

∽

그의 얼굴에다 내가 키스를 하면 내 뺨을 때리고, 내가 그의 뺨을 때리면 내 발에다 키스를 하는 사람에 대해서 나는 무슨 말을 할 수가 있을까?

∽

사랑을 요구하는데 욕정을 받게 되는 사람의 삶은 얼마나 힘들까?

∽

신에게 더 가까이 가는 길은 사람들과 더 가까워지는 것이다.

∽

결혼이란 죽음이나 삶 둘 중에 하나이고, 그 중간 단계는 존재할 수가 없다.

"나는 사람들이 가는 길을 밝혀 주는 촛불이다."라고 말하는 사람이라면 나에게 가까이 오지 못하게 하되, 사람들의 빛을 따라 길을 찾아가려고 하는 사람이라면 나에게 더 가까이 오게 하여라.

이성 속에서 살아간다는 것은 그 이성이 육신의 한 부분이 되기 전에는 노예 생활이나 마찬가지이다.

그들의 모습을 보지 않으려고 내가 눈을 감으면 어떤 사람들은 내가 그들에게 윙크를 한다고 생각한다.

어떤 비단 같은 얼굴들은 야한 헝겊으로 테를 둘렀다.

내가 제시하는 증거가 무지한 자들에게 확신을 심어 주고, 현명한 사람이 제시하는 증거가 나에게 확신을 심어 준다. 그러나 지혜와 무지 중간쯤 가는 이성을 지닌 사람이라면, 나는 그를 납득시킬 수가 없고 그 사람도 나를 납득시킬 수가 없다.

만일 종교의 목적이 보상이라면, 만일 애국심이 자기 자신의 이해 관계와 얽혀 들어야 한다면, 그리고 만일 출세를 위해서 교육을 받아야 한다면, 그러면 차라리 나는 종교를 믿지 않고 애국심도 없고 미천하고 무식한 인간이 되고 싶다.

〰

우리들이 원숭이와 친척간이라는 사실을 부인하듯, 언젠가는 사람들이 우리들과 친척간이라는 사실을 부인할 시대가 올 것이다.

〰

어떤 사람들은 귀로 듣고, 어떤 사람들은 위장으로 듣고, 어떤 사람들은 호주머니를 통해서 들으며, 또 어떤 사람들은 전혀 듣지 못한다.

〰

어떤 영혼들은 해면이나 마찬가지이다. 그들이 그대에게서 빨아먹은 것 이외에는 그들에게서 그대는 아무것도 짜 낼 수가 없다.

〰

만일 똑같은 사람이 두 명 존재한다면, 세상은 그들을 받아들이기에 넉넉할 만큼 충분히 넓지 못하다.

〰

태어남, 결혼, 그리고 죽음. 태어남, 결혼, 그리고 죽음. 태어남, 결혼, 그리고 죽음. 이것이 인간의 역사이다.

그러다가 이상한 생각들로 머릿속이 가득 찬 어떤 미친 사람이 나타나더니 다른 세계에서 훨씬 더 많이 깨우친 자들이 그들의 꿈속에서 태어남과 결혼과 죽음 이상의 무엇을 터득한다면서 그 세계에 대한 꿈을 사람들에게 얘기한다.

～

씨앗이라고는 하나도 심지 않고, 벽돌 한 장 쌓지 않고, 옷 한 벌 짓지 않고, 정치만 천직으로 삼는 사람이라면 그는 그의 민족에게 재앙을 가져다준다.

～

몸치장을 함으로써 인간은 그의 추악함을 인정한다.

～

사람들은 만족 속에 침묵이 자리한다고 말하지만, 나는 거부와 반항과 경멸이 침묵 속에 자리한다고 그대에게 말하리라.

～

나는 그의 뿌리가 내 영혼 속에 박혀 있지 않은 무식한 사람은 아직 한 명도 만나지 못했다.

20

영감은 진리의 어버이이며, 분석과 토론은 사람들로 하여금 진리로부터 멀어지게 한다.

저지르지 않은 죄에 대해서 그대를 용서하는 자는 자신의 죄에 대해서 자신을 스스로 용서한다.

기아(棄兒)란 어머니가 사랑과 믿음 사이에서 잉태했다가 죽음의 광란과 두려움 속에서 낳은 아기이다. 어머니는 그녀의 살아 있는 나머지 마음으로 기저귀를 채워 그 아기를 고아원의 문 앞에다 놓아두고는 무거운 십자가의 짐을 짊어진 채 머리를 떨구고 떠나갔다. 그리고 그녀의 비극을 마저 채워 주느라 그대와 나는 그녀를 조롱했다. "부끄러운 일이야. 정말 부끄러운 일이라고!"

야망도 일종의 노력이다.

현인과 바보의 사이를 갈라놓는 벽은 거미줄보다도 얇다.

어떤 사람들은 고통 속에서 기쁨을 찾고, 어떤 사람들은 오물 이외에는 무엇을 가지고도 그들 자신을 깨끗하게 하지 못한다.

〰

지옥에 대한 두려움은 그 자체가 지옥이고, 낙원에 대한 열망은 그 자체가 낙원이다.

〰

아직도 동굴 속에서 살아가는 혈거 부족이 있으며, 우리들의 마음이 곧 동굴이라는 사실을 우리들은 잊으면 안 된다.

〰

우리들은 계절과 더불어 달라질 수도 있겠지만, 계절이 우리들을 바꿔 놓지는 않는다.

〰

반항, 완벽성, 그리고 추상성 이 세 가지를 나는 문학에서 아주 좋아한다. 그리고 문학에서 내가 싫어하는 세 가지는 모방, 왜곡, 그리고 복합성이다.

〰

만일 그대가 두 가지 악 가운데 양자택일을 해야 한다면, 비록 노출된

악이 숨겨진 악보다 더 큰 죄악으로 여겨질지라도, 두 번째보다는 첫 번째 악을 선택하도록 하라.

∽

독침이 박혀 있는 진실이 아니면 진실을 얘기하지 않는 사람으로부터, 나쁜 의도를 품고 선을 행하는 사람으로부터, 그리고 다른 사람들의 결점을 헐뜯음으로써 자신의 위치를 굳히려는 사람으로부터 나를 해방시켜 달라.

∽

바다의 노래가 끝나는 것은 바닷가에서인가, 아니면 그 노래를 듣는 사람들의 마음에서인가?

∽

부유한 자는 고상한 출신의 사람들과 연줄이 있음을 내세우고, 출신이 고상한 자는 부유한 자들과 인연을 맺으려고 하며, 그리고 그들은 서로 경멸한다.

∽

우리들 대부분은 말없는 반항과 수다스러운 굴복 사이에서 모호한 태도로 머뭇거린다.

나쁜 의도를 품고 있는 사람들은 항상 그들의 목적을 제대로 이루지 못한다.

〰

영혼의 가장 숭고한 경지는 이성이 반발하는 것에게까지도 순응하는 상태이다. 그리고 가장 열등한 이성의 상태는 영혼이 순응하는 것에 대해서 반발하는 상태이다.

〰

그들은 나에게 동정심이라는 그들의 젖을 먹여 주는데, 그런 유아용 양식이라면 태어나던 그날부터 벌써 내가 먹지 않게 되었다는 사실을 그들이 알아주었으면 얼마나 좋으랴.

〰

정신적인 인간이란 세속적인 모든 것을 경험하고 나서 거기에 반발하는 그런 사람이다.

〰

내가 지닌 미덕은 해를 끼치기만 할 뿐 아무것도 가져다주지 못하는 반면, 내가 지닌 악은 나에게 불이익을 가져다준 적이 전혀 없다는 것은 이상한 사실이다. 그런데도 불구하고 나는 나의 미덕을 계속해서 광신적으로 믿기만 한다.

오, 마음이여! 만일 무지한 자들이 그대에게 영혼도 육신처럼 멸할 것이라고 말한다면, 꽃은 죽어도 씨앗은 남는다고 대답하라. 이것이 하늘의 법칙이다.

～

만일 골짜기들을 보고 싶다면 그대는 산을 올라야 하고, 만일 산꼭대기를 보고 싶다면 그대는 구름 위로 올라가야 하지만, 구름을 이해하는 것이 그대가 추구하는 바라면, 눈을 감고 생각하라.

～

삶은 낮과 아침에
양쪽 뺨에다 우리들에게 키스하지만,
저녁과 동틀 녘이면
우리들의 행동을 비웃는다.

～

여인이 그대에게 말을 할 때가 아니라, 그대를 처다보고 있을 때 그녀에게 귀기울여라.

～

애정은 마음의 젊음이고, 관념은 마음의 성숙함이지만, 웅변은 마음이 늙어 노망을 부리는 것이다.

폭풍이 얘기할 때 우리들 가운데 어느 누가 과연 개울의 노래에 귀를 기울이겠는가?

～

죽음을 원하면서도 사랑하는 이들을 위해서 살아가야만 하는 사람의 삶은 고달프다.

～

붙잡혀 노예가 되었을 때 나는 아무도 탐험하지 않은 세상의 여러 곳을 방황했다. 그러다가 나는 해방이 되어 평범한 시민으로서, 상인과 학자와 성직자와 왕과 폭군 노릇을 차례로 했다. 왕위에서 쫓겨난 다음에 나는 폭동 선동가와 불량배와 사기꾼과 무전 취식자 과정을 거쳤고, 그러고는 아무도 탐험하지 않은 내 영혼이라는 영토에서 길 잃은 노예가 되었다.

～

영혼과 육신 사이에 유대가 존재하듯이, 육신은 그것이 처한 환경과 연결되어 있다.

～

조금만 가지고 만족해서는 안 된다. 생명의 샘으로 빈 항아리를 가지고 오는 사람은 가득 찬 두 개의 항아리를 가지고 돌아갈 것이다.

신의 눈을 통해서 우리들을 굽어보는 자는 본질적이고 벌거벗은 우리들의 현실을 보게 될 것이다.

～

신은 모든 믿는 사람이 두드리기만 하면 반겨 맞기 위해 진리에다 많은 문을 달아 놓았다.

～

구름 위로 자라는 꽃은 절대로 시들지 않을 것이다. 그리고 새벽녘 처녀들의 입술에서 흘러나오는 노래 또한 결코 사라지지 않을 것이다.

～

이론을 앞세우는 사람은 그것이 스스로 볼 수는 없으면서도 사물들을 비춰 보여 주는 거울과 마찬가지이고, 그것이 스스로 듣지 못하는 소리를 되울려 보내 주는 동굴과 마찬가지이다.

～

시인이란 그의 시를 읽어 준 다음에 그의 가장 훌륭한 작품은 아직 쓰지 않았다고 그대로 하여금 느끼게 만드는 바로 그런 사람이다.

～

폭군은 신 포도주로부터 달콤한 포도주를 요구한다.

정원에서 산책을 하듯 바다의 밑바닥에서 거닐 수 있는 사람이 과연 어디 있겠는가?

～

목적을 알아봄으로써 본질을 파악할 수 있다고 그대는 믿고 있는가? 포도주 항아리만 보고도 그대는 그 포도주의 맛에 대해 얘기할 수 있겠는가?

～

나의 미천함으로부터 빛이 발산되어 나의 길을 비추었다.

～

우리들의 영혼은 인간의 발명품인 시간에 의해서 측정할 수 없는 삶의 공간을 횡단한다.

～

그의 양심이 금지한 것을 자신에게 노출시키는 사람은 죄악을 범하는 셈이다. 그리고 양심이 보여 주는 바를 자신에게 거부하는 사람도 역시 죄인이다.

～

시는 영혼의 비밀인데, 왜 어휘들을 가지고 수다스럽게 그것을 소모시켜 버리는가?

～

시는 전체에 대한 이해이다. 부분밖에는 이해하지 못하는 사람에게
그대는 어떻게 그것을 전할 수 있겠는가?

～

시는 마음속의 불꽃이고, 수사학은 눈송이이다. 불길과 눈이 어떻게
하나가 될 수 있겠는가?

～

굶주린 사람에게 배고픔의 고통을 참아야 한다는 충고를 대식가(大食
家)가 어찌 진지하게 얘기할 수 있겠는가?

～

대변자들의 행정부란 과거에는 혁명의 결실이었지만, 오늘날에는 경
제의 결과이다.

～

나약한 민족은 그 민족의 강력한 사람들을 나약하게 만들고, 강력한
민족의 나약한 사람들을 강력하게 만들어 준다.

상심한 사랑이 노래하고, 앎의 슬픔이 얘기하고, 욕망의 우울함이 속삭이고, 가난의 고뇌가 흐느껴 운다. 그러나 사랑보다 더 깊고, 앎보다 더 숭고하고, 욕망보다 더 강하고, 가난보다 더 쓰라린 슬픔이 존재한다. 그것은 벙어리여서 목소리가 없고, 눈은 별처럼 빛난다.

～

노래의 비밀은 노래하는 사람의 목소리가 지닌 진동과 듣는 사람의 마음의 떨림 사이에서 발견된다.

～

사랑은 떨리는 행복이다.

～

노래부르기를 스스로 즐거워하기 전에는 노래를 부르는 사람은 그대를 기쁘게 해줄 수가 없다.

～

불행을 만나면 우리들은 이웃으로부터 공감을 구하고, 그대는 마음의 한 부분을 그에게 준다. 만일 마음이 선량한 사람이라면 그는 그대에게 고마워할 터이고, 만일 마음이 굳어 버린 사람이라면 그는 그대를 비웃을 것이다.

30

굶주린 야만인은 나무에서 과일을 따서 그것을 먹는다. 개화된 사회의 배고픈 시민은 나무에서 과일을 딴 사람에게서 그것을 산 사람에게서 그것을 산 또 다른 사람에게서 그것을 산다.

⌇

그대는 이미 이루어진 바를 향상시킴으로써가 아니라, 아직 이루어야 할 바를 향해 손을 뻗음으로써 발전하게 된다.

⌇

현인 한 사람이 어리석은 고관을 만났고, 그들은 교육과 부(富)에 대한 토론을 벌였다. 그들이 헤어진 다음에 현인은 한줌의 흙 이외에는 그의 손에서 아무것도 발견하지 못했고, 고관은 그의 마음속에서 안개 한 덩어리 이외에는 아무것도 발견하지 못했다.

⌇

증거를 필요로 하는 진리는 반쯤만이 진리이다.

⌇

흐느껴 울 줄 모르는 지혜와 웃을 줄 모르는 사상과 어린아이 앞에서 머리를 숙일 줄 모르는 자부심을 나에게서 멀리하라.

⌇

사람들 중에는 아직 피를 보지 않은 살인자들과 아무것도 훔치지 않은 도둑들과 지금까지는 진실만 얘기해 온 거짓말쟁이들이 존재한다.

썰물 때 나는 모래밭에다
글을 한 줄 써 놓고
그 글에다 내 모든 마음과
내 모든 영혼을 바쳤다.
내가 써 놓은 글을 읽어 보려고
밀물 때 돌아와 보니
바닷가에서는 나의 무지만이 보일 따름이었다.

그가 걸어가는 길과 그가 기대는 벽밖에 보지 못하는 사람은 근시안적인 인간이다.

인내의 밭에다 내가 고통을 심었더니 그것은 행복의 열매를 맺었다.

가난은 오만함을 가려 주고, 재앙의 고통은 겉치레의 가면을 구할지도 모른다.

부드러움과 친절은 나약함과 절망의 징후들이 아니고, 힘과 결단력의 표현이다.

어제의 장부를 살펴보면 그대는 아직도 사람들과 삶에 빚을 지고 있음을 알게 될 것이다.

나를 괴롭히고 이웃 사람을 해방시켜 주는 것은 미덕이요, 나를 해방시키고 이웃 사람을 괴롭히는 것은 죄악이라고 사람들은 생각한다. 나는 그들과 멀리 떨어진 은둔처에서도 마찬가지로 성자나 죄인이 될 수 있다는 사실을 그들에게 알려 주도록 하라.

아홉 가지 슬픔

종교로부터 신앙으로, 시골의 오솔길로부터 도시의 뒷골목으로, 지혜로부터 이론으로 떠나가는 민족은 슬플지어다.

그들이 입을 옷을 짜지 않고, 그들이 먹을 것을 재배하지 않고, 그들이 마실 포도주를 짜지 않는 민족은 슬플지어다.

승리자의 오만을 완벽한 미덕이라고 생각하며, 정복자의 추악함을 아름다움이라고 보는 시각을 지닌 정복된 민족은 슬플지어다.

꿈속에서는 다치지 않으려고 싸우지만, 깨어 있을 때는 못된 자들에게 굴복하는 민족은 슬플지어다.

장례식 이외에는 목소리를 높이지 않고, 무덤 이외에는 존경심을 보이지 않고, 칼날이 닿기 전에는 반항하지 않고 기다리는 민족은 슬플지어다.

그들의 정치는 교활하고, 그들의 철학은 사기꾼의 거짓이고, 그들의 근면성은 일시적일 따름인 민족은 슬플지어다.

공물을 바치고 북을 울리며 한 정복자를 맞아 주고, 그러고는 나팔과 노래로 또 다른 정복자를 맞기 위해 첫 번째 정복자를 야유하는 민족은 슬플지어다.

그들의 현인은 말을 못하고, 헛소리를 잘하는 사람이 그들의 대변자 노릇을 하는 민족은 슬플지어다.

하나하나의 부족을 저마다 민족이라고 자처하는 민족은 슬플지어다.

교육은 그대의 머릿속에 씨앗을 심어 주는 것이 아니라, 그대의 씨앗들이 잘 자라나게 해준다.

그대는 식사할 때는 서두르지만, 걸어갈 때는 한가하다. 그렇다면 왜 그대는 발로 식사를 하고 손바닥으로 걸어가지를 않는가?

사상과 애정으로 다져진 학자에게 언어 구사력이 주어졌다. 언어 구사력을 갖춘 연구자에게 약간의 사상과 애정이 부여되었다.

∽

열성이란 그 위에서 머뭇거림의 잡초가 결코 자랄 수 없는 화산이다.

∽

맷돌은 부서질지도 모르지만, 강물은 계속해서 바다로 흘러간다.

∽

영감이란 그대 내면에 존재하는 전체성의 일부를 통하여 전체의 일부를 보는 능력이다.

∽

반박은 가장 열등한 형태의 지성이다.

∽

믿는 사람은 여우의 계략이 사자의 정의에 승리하는 것을 볼 때 정의를 의심하게 된다.

∽

악마에 대한 두려움은 신을 의심하는 한 가지 방법이다.

노예들은 왕들이 빚어 낸 잘못이다.

∾

목표를 달성하는 데 있어서 우리들이 맞닥뜨리는 어려움은 그 목표에 도달하는 가장 가까운 길이다.

∾

인간의 눈이라는 확대경 속에서는 세상이 실제보다 훨씬 더 크게 보인다.

∾

그들이 나에게 말했다. "만일 잠든 노예를 발견하면 그를 깨우지 마세요. 그는 자유를 꿈꾸고 있을지도 모르니까요." 그래서 내가 대답했다. "만일 잠든 노예를 발견하면 그를 깨우고 자유에 대해서 그와 얘기를 나누어야 합니다."

∾

대지가 숨을 내쉴 때는 우리들에게 생명을 준다. 대지가 숨을 들이마실 때는 우리는 죽음을 맞아야 할 운명이다.

∾

어떤 사람들의 이성 속에 존재하며 우리들이 지능이라고 하는 것은 국부적인 불꽃에 지나지 않는다.

～

예술가의 비밀스러운 시각과 자연의 표현이 새로운 형태들을 발견하기로 뜻이 일치할 때 예술이 태동한다.

～

순사(殉死)란 가장 숭고한 영혼이 스스로 몰락한 영혼의 차원으로 떨어지는 것이다.

～

의로운 자는 사람들의 마음과 가깝지만, 자비로운 자는 신의 마음과 가깝다.

～

파격은 광증(狂症)에 의해서도 이루어지고, 재능에 의해서도 이루어진다.

～

여자를 동정하는 사람은 여자를 깔보는 사람이다.
사회의 모든 악들을 여자에게 결부시키는 사람은 여자를 압박하는 사람이다.

여자의 선량함이 즉 자신의 선량함이요, 여자의 사악함이 자신의 사악함이라고 생각하는 사람은 그의 거짓된 면모에 대해서 부끄러워할 줄을 모른다.

그러나 여자를 신으로 받아들이는 사람은 여자에게 올바른 대우를 해주는 사람이다.

⌇

가난은 일시적인 결함이지만, 지나친 부유함은 영원한 질병이다.

⌇

추억이란 희망의 길에서 발에 걸리는 돌멩이이다.

⌇

우리들의 가장 나쁜 결점은 다른 사람들의 잘못에 대한 선입견이다.

⌇

내 생각은 추상의 세계에서 오고, 내가 하는 말은 연관성의 세계로부터 오기 때문에 나는 오류를 범하지 않고는 결코 얘기를 할 수가 없다.

⌇

시는 번갯불의 섬광이어서, 어휘들의 배열로만 끝날 때는 단순한 작문에 불과하다.

보고 듣는 기능이 없었더라면 빛과 소리는 공간 속에서 벌어지는 혼돈과 진동 이외에 아무것도 아니리라. 마찬가지로 만일 그대가 사랑하는 마음을 가지고 있지 않다면, 그대는 바람에 불려 흩어지는 고운 먼지가 되었을 것이다.

정열적인 사랑은 가라앉힐 수가 없는 갈증이다.

정직한 사람들 이외에는 아무도 진실한 사람들을 믿어 주지 않는다.

어떤 여자를 이해하고 싶다면 미소를 지을 때 그녀의 입을 살펴봐야 하지만, 어떤 남자의 인간성을 알아보기 위해서는 그가 화를 낼 때 눈의 흰자위를 살펴보도록 하라.

모든 개혁자는 혁명가이다. 만일 그의 개혁이 옳은 것이라면 그는 사람들을 올바른 길로 이끌고 갈 것이다.

만일 그의 생각이 틀렸다면 그들의 내면에서 그가 불러일으키는 광신(狂信)은 그들로 하여금 그들이 옳다고 생각하는 바를 찾기 위해 일어서도록 용기를 불어넣을 것이다.

말이란 습성을 통해서 실현이 될 때까지는 무의미한 상태로 남아 있는다.

⌇

설명의 필요성은 내용에 있어서의 약점을 드러내는 징후이다.

⌇

믿음이란 마음속의 앎이요, 증거의 테두리를 넘어서는 앎이다.

⌇

인간성(人間性)이란 외적으로는 분리되고, 내적으로는 결합된 신성(神性)이다.

⌇

이웃 사람의 장례식에 가장 좋은 옷을 차려 입고 오는 사람이라면 그의 아들이 결혼할 때는 누더기를 걸치고 결혼식에 참석할 것이다.

⌇

아라비아의 속담에 의하면 불사조나 귀신이 존재하지 않듯이 마음이 통하는 참된 친구도 존재하지 않는다지만, 나는 그 모두를 내 이웃들 중에서 발견했노라고 그대에게 말하겠다.

창조하는 사람은 그가 삭막한 발명가이기 전에는 비평하는 자의 말에
신경을 쓰지 않는다.

～

대지의 개발과 그 산물의 분배, 이 두 가지를 통해서 번영이 이루어진
다.

～

강박 충동이라는 것은 오랫동안 들여다보는 사람이 자살하려고 애쓰
는 그의 내적인 자아를 그 안에서 보게 되는 거울이다.

～

그대가 추악하다고 생각하는 것은 내적인 자아에 대한 외적인 자아의
불신 행위에 지나지 않는다.

～

우리들은 누구나 다 자신의 이해 관계에 있어서는 하나같이 실질적이
고, 다른 사람들과 관련된 일에 있어서는 이상주의자가 된다.

～

구걸을 하느라고 손을 내밀고 있으면서 입술과 혓바닥은 찬양하는 어
휘들을 늘어놓느라고 뒤틀려 있는 사람의 모습을 보면 나는 그에 대해

서 연민을 느낀다.

⌇

　민족의 잘못들에 대해서 자신의 무죄를 내세우지 않는 사람은 덕망
있는 사람이다.

⌇

　민족에 대한 예언이 나무에 달린 열매와 같다는 사실을 깨닫는다면
그는 삶의 일관성을 터득하게 된다.

⌇

　역사를 알지 못하는 사람들의 머릿속 이외에서는 역사란 반복되는 것
이 아니다.

⌇

　악이란 빗나간 존재여서, 타당성의 계속성이라는 법칙을 따르는 데 있
어서 더디다.

⌇

　왜 어떤 사람들은 그대의 바다에서 물을 퍼 가면서 그들의 개울을 자
랑하는가?

인내심을 가지고 노예의 짐을 지는 사람은 자유인이다.

그것을 갈망하는 마음속에 존재하는 아름다움은 그것을 보는 사람의 눈 속에 존재하는 아름다움보다 훨씬 숭고하다.

민족의 예술

이집트 사람들의 예술은 비술(秘術) 속에 있다.

칼데아 사람들의 예술은 계산 속에 있다.

희랍 사람들의 예술은 균형 속에 있다.

로마 사람들의 예술은 모방 속에 있다.

중국 사람들의 예술은 예절 속에 있다.

힌두 사람들의 예술은 선과 악의 관념 속에 있다.

유대 사람들의 예술은 숙명론적인 인식 속에 있다.

아랍 사람들의 예술은 회상과 과장 속에 있다.

페르시아 사람들의 예술은 까다로움 속에 있다.

프랑스 사람들의 예술은 기교 속에 있다.

영국 사람들의 예술은 분석과 독선 속에 있다.

스페인 사람들의 예술은 광신 속에 있다.

이탈리아 사람들의 예술은 아름다움 속에 있다.

독일 사람들의 예술은 야망 속에 있다.

소련 사람들의 예술은 슬픔 속에 있다.

～

누가 나에게 양 한 마리를 주었고 나는 그에게 낙타 암놈을 한 마리 주었다. 그러자 그는 나에게 양 두 마리를 내놓았고 나는 낙타 암놈 두 마리로 그에 대한 보답을 했다. 나중에 그는 내 양우리로 찾아와서는 내 낙타가 아홉 마리라는 것을 헤아려 보았다. 그러더니 그는 나에게 아홉 마리의 양을 주었다.

～

사람들 가운데 가장 쓸모 있는 사람은 사람들로부터 멀리 떨어져 있는 사람이다.

～

그대의 자아는 두 가지 자아로 이루어졌는데, 그 하나는 자신을 알고 있다고 스스로 상상하며, 다른 하나는 사람들이 그를 알고 있다고 상상한다.

～

학문과 종교는 완전히 융화하지만, 학문과 믿음은 철저한 불화 속에

빠져 있다.

꿈

왕들에 대해서 가장 알고 싶어하는 사람들은 백성들이다.

꿈

환자를 보살펴 준다는 것은 일종의 미라를 만드는 방부 작업이다.

꿈

만일 존재가 비존재보다 좋지 않았다면, 존재는 아마 존재하지 않았을 것이다.

꿈

정신적인 편력을 거치고 나면 그대는 전혀 아름다움을 보지 못했던 눈을 통해서도 아름다운 모든 것을 보게 될 터이다.

꿈

나는 돼지들에게 내 보석을 던져 주어 돼지들이 보석을 삼키고는 탐욕이나 소화불량으로 죽게 만들리라.

꿈

오물이 입에 가득한 자가 노래를 부를 수 있겠는가?

애정이 시들면 논리적으로 따지려고 든다.

시인에는 두 종류가 있는데, 인격을 후천적으로 습득한 이지적인 시인이 있는가 하면, 인간적인 훈련이 시작되기 전에 자아를 찾은 영감에 찬 시인도 있다.
그러나 시에서의 지성과 영감의 차이는 살갗에 상처를 내는 날카로운 손톱과 키스를 하여 육신의 아픈 곳들을 아물게 하는 오묘한 입술의 차이와 같다.

한 인간의 심성과 이성을 이해하기 위해서는 그가 지금까지 무엇을 이루어 놓았느냐가 아니라, 그가 앞으로 무엇을 하고 싶어하느냐 하는 포부를 살펴봐야 한다.

자질구레하고 가까운 영상들을 열심히 관찰하는 사람은 멀리 떨어진 위대한 대상들을 살펴보고 식별하는 데 있어서 어려움을 느끼게 될 것이다.

나는 찬사로 인해서 무안함을 느끼지만, 찬사를 늘어놓는 사람은 열광

적으로 계속해서 떠들어대기 때문에 온 세상 사람들 앞에서 나를 뻔뻔
스러운 인간으로 만들어 놓는다.

예수에 대해서 명상할 때 나는 항상 처음으로 어머니 마리아의 얼굴
을 쳐다보면서 구유 속에 담겨 있는 아기의 모습이나, 십자가에 매달려
마지막으로 어머니 마리아를 물끄러미 쳐다보는 모습으로 그를 머릿속
에 그려 본다.

우리들은 모두가 인생의 싸움터에 임하는 투사들이지만, 어떤 사람들
은 앞에서 이끌고 또 어떤 사람들은 뒤에서 쫓아간다.

영혼은 불길이며, 그 불길이 남기는 재가 육신이다.

펜은 왕의 홀(笏)이나 마찬가지이지만, 글을 쓰는 사람들 가운데 왕은
얼마나 드문가!

그가 뜻하는 의도를 꽃처럼 화려한 찬양의 어휘들 뒤에다 숨기는 사

람은 추한 얼굴을 화장으로 숨기려는 여자와 마찬가지이다.

∽

만일 내 무지의 원인이 무엇인지를 알았다면 나는 현인이 되리라.

이집트의 피라미드들이 자취도 없이 무너지고, 뉴욕의 마천루들이 더 이상 존재하지 않게 된 다음이라고 할지라도, 나비는 들판 위에서 팔랑거리며 돌아다니기를 계속할 것이고, 풀밭에서는 이슬방울들이 여전히 반짝이리라.

∽

우리들의 귀가 도시의 시끄러운 소음을 삼켜야 하는데, 어찌 우리들이 들판의 노래를 들을 수 있겠는가?

∽

거래는 물물교환이 아니라면 도둑질인 셈이다.

∽

가장 훌륭한 사람이란 칭찬을 해주면 얼굴을 붉히고, 그대가 그를 헐뜯을 때는 침묵을 지키는 사람이다.

∽

사랑과 창의력과 책임감을 수반하는 고통은 또한 기쁨을 안겨 주기도

한다.

❧

들판 위로 내리는 비가 산 위로 나타나는 구름과 다르듯이, 어떤 사람이 노출시키는 면은 그가 감추고 있는 면과 다르다.

그의 마음을 구성하는 원소들로부터 공감과 존경심과 그리움과 참을성과 뉘우침과 놀라움과 용서하는 태도를 뽑아 내어 그것을 하나로 합성시킬 수 있는 화학자라면 '사랑' 이라고 일컫는 원자를 창조할 능력을 갖게 될 것이다.

❧

숭고한 행동을 하도록 권고받아야 할 필요가 있는 사람이라면 그 행동을 결코 성취할 수가 없다.

❧

고독함 속에서 강한 자는 성장하지만, 나약한 자는 시들어 버린다.

❧

사람들은 만일 누가 자신을 이해하면 모든 사람을 이해하게 된다고 말한다. 그러나 나는 누가 사람들을 사랑하면 그는 자신에 대해서 무엇인지를 터득하게 되리라고 그대에게 말해 주고 싶다.

그것에 대해서 자신이 관심을 가지고 있지 않는 사람은 아무도 내가 무엇을 하지 못하도록 막지 못한다.

~~~

명성은 뛰어난 인간이 짊어져야 하는 부담이 되고, 그가 그 짐을 어떻게 처리하느냐 하는 태도에 따라서 사람들은 그를 판단한다. 만일 그가 서슴지 않고 그 부담을 감당해 내면 그는 영웅의 계급으로 승진하지만, 만일 발이 걸려 쓰러지기라도 한다면 그는 사기꾼이라는 소리를 들을 것이다.

~~~

낙관주의자는 장미에서 가시가 아니라 꽃을 보고, 비관주의자는 꽃을 망각하고 가시만 쳐다본다.

~~~

소망과 욕망은 삶의 기능이다. 우리들은 삶의 소망들을 실현하고, 우리들에게 그럴 의지가 있거나 없거나 간에 욕망들을 실천하도록 노력해야만 한다.

~~~

소크라테스의 인격을 이해할 줄 모르는 사람은 알렉산더에게 매료되고, 베르길리우스를 파악할 능력이 없는 사람은 카이사르를 찬양하고,

라플라스(1749~1827 : 프랑스의 천문학자 및 수학자)를 이해할 만한 이성을 갖추지 못한 사람은 나폴레옹을 위해 나팔을 불고 북을 두드린다. 그리고 나는 알렉산더나 카이사르나 나폴레옹을 흠모하는 사람들의 이성 속에서 항상 노예 근성의 면모를 발견한다.

∽

인간이 기계를 발명하고 나면 그는 기계를 부리고, 그러다가는 기계가 인간을 부리기 시작하여 인간은 그의 노예가 된다.

∽

어떤 부유한 사람들이 지닌 미덕은 우리들에게 부유함을 경멸하게끔 깨우쳐 준다.

∽

웅변술은 귀에 대해서 혀가 발휘하는 교활함이지만, 웅변은 마음과 영혼의 결합이다.

∽

문명이 시작된 것은 인간이 처음 흙을 파고 씨를 뿌렸을 때이다.

∽

종교가 시작된 것은 흙 속에다 그가 심은 씨앗에 대해서 보여 준 태양의 자비로움을 터득했을 때이다.

～

   예술이 시작된 것은 인간이 감사하는 노래를 통해서 태양에게 영광을
돌렸을 때이다.

～

   철학이 시작된 것은 인간이 땅에서 재배된 것을 먹고 소화불량에 시
달렸을 때이다.

～

   인간의 미덕을 찾아볼 수 있는 것은 그가 끌어 모으는 많은 재산에서
가 아니라, 그가 창조하는 얼마 안 되는 것들에서이다.

～

   인간이 필요로 하는 정도를 넘어서는 참된 부유함이란 존재하지 않는
다.

～

   모든 민족은 그 민족의 개개인이 하는 행동에 대해서 반드시 책임을
져야 한다.

마음속에서 고통을 받지 않으며 슬픔과 고독으로부터 자신을 분리시킬 수 있는 사람이 어디 있을까?

～

혀와 입술에 날개를 달아 끌고 다녀야 할 필요가 없기 때문에 목소리는 하늘을 꿰뚫고, 둥지를 가지고 다녀야 할 필요가 없기 때문에 독수리는 홀로 광활한 공간으로 솟아오른다.

～

이별의 시간이 될 때까지는 사랑은 그 깊이를 알지 못한다.

～

경험보다는 믿음이 진리를 더 빨리 파악한다.

～

대부분의 작가들은 그들의 너덜너덜한 사상을 사전 조각들을 가지고 누더기처럼 깁는다.

～

종교적인 금지와 억제는 무질서보다도 더 많은 해를 끼친다.

～

법의 그물은 하찮은 범죄자들만을 잡도록 짜여졌다.

〰

거짓으로 꾸민 겸손함은 겉치장을 한 몰염치함이다.

〰

여섯 번째 감각이라고 할 용기는 승리로 가는 가장 빠른 길을 찾아내
는 기능을 갖추었다.

〰

육체의 순결은 영혼의 인색함일지도 모른다.

〰

주님이시여, 독사의 혀로부터 그리고 그가 갈망하는 명성을 성취하는
데 실패한 자의 혀로부터 나를 안전하게 보호해 주소서.

〰

나는 자부심이 강한 사람치고 마음속으로 당혹하지 않는 사람을 결코
만난 적이 없다.

〰

우리들은 죽음을 두려워하면서도, 깊은 잠과 아름다운 꿈을 갈망하고

있다.

　너무나 양심적이어서 그대의 소유물을 훔칠 수 없는 어떤 사람들은,
그래도 그대의 생각들을 함부로 다루는 것은 조금도 잘못이라고 생각하
지 않는다.

　좋은 사람에 대해서 우리가 느끼는 슬픔은 일종의 질투일지도 모른다.

　우리들은 누구나 다 힘을 찬양하지만, 대다수의 사람들은 그 힘의 형
태와 안정성을 갖추지 않았을 때 가장 강한 인상을 받는다. 힘이 뚜렷하
게 윤곽을 드러내고 뜻 깊은 목적들을 갖게 될 때 그 힘을 존중하는 사람
들은 없어진다.

　아득한 옛날에 없어져 버린 별들의 빛이 아직도 우리들에게 다다른
다. 여러 세기 전에 죽었지만 인격으로부터 발산되는 광채가 아직도 우
리들에게 전해지는 위대한 인간들도 마찬가지이다.

거지의 사랑을 받게 된 사람이야말로 군주 중의 군주이다.

∾

어떤 불편함도 가져오지 않는 오늘날의 우리 문명에는 어떤 편익(便益)도 없다.

∾

사람들에 대한 그대의 자신감, 그들에 대한 그대의 의심은 그대 자신에 대한 자신감과 의심하고 밀접한 관계가 있다.

∾

비록 할말이 아무것도 없고 인쇄할 만한 가치를 지닌 것도 없으면서 우리들은 언론의 자유와 보도의 자유를 요구한다.

∾

'행복한 생활 조건'을 삶의 길이라고 내 앞에서 찬양하는 그대에게 나는 이렇게 대답하겠다. "뜨거움과 차가움 사이에서 미지근하거나, 삶과 죽음 사이에서 떨거나, 액체도 아니요 고체도 아닌 묵 같은 상태를 누가 원하겠는가?"

∾

힘과 아량은 동반 관계이다.

우리들의 내면에 존재하는 사랑과 공허함은 바다의 밀물과 썰물이나 마찬가지이다.

～

가난은 생각 속에 몸을 숨긴 다음에 돈지갑 앞에 굴복한다.

～

인간은 단순히 발견만 할 따름이고, 결코 발명은 하지 못하며 할 능력도 없다.

～

철학이 하는 일은 두 지점 사이의 가장 짧은 길을 찾아내는 것이다.

～

미친 사람들 대신에 온전한 사람들을 수용하는 병원들을 짓는 것이 여러 나라의 정부를 위해서 보다 경제적이지 않을까?

～

건물에 있어서 가장 견고한 돌은 그 건물의 기초를 이루는 가장 밑에 있는 돌이다.

～

"들어오시기 전에 바깥에서 그대의 관습을 모두 떨쳐 버리시오."

내가 문에다 이런 글을 써 붙여 놓았더니 나를 만나려거나 나의 집 문을 열려고 하는 사람이 아무도 없었다.

∽

삶의 법칙들까지도 삶의 법칙들을 따른다.

∽

나는 우리 민족의 나태함을 보고 대담해지는 길을 터득했다.

∽

가장 찬사를 들어 마땅한 사람은 사람들이 부당하게도 그에게 찬사를 보내지 않으려고 하는 바로 그 사람이다.

∽

진실로 종교적인 사람은 어떤 종교를 채택하지 않으며, 한 가지 종교를 채택하는 사람은 종교를 가지고 있지 못하다.

∽

섬세한 감정을 지닌 대부분의 사람들은 그대가 그들보다 먼저 그들의 감정을 해치지 못하도록 서둘러 그대의 감정을 해친다.

어떤 책에서 자료를 구하는 작가란 남에게 꾸어 주기 위한 한 가지 목적을 위해 누구에게서 돈을 빌려 오는 사람과 같다.

나를 찬양하는 사람에게
내가 보상을 해주지 않았더니
그는 투덜거리고 불평했다.
나는 말없이 그 불평을 감수했고
사람들은 그를 보고 웃었다.

모욕의 뜻이 담긴 선물과 존경심의 표현인 선물을 구분하라.

찬성하는 사람보다는 이견을 밝히는 사람에 대해서 더 많은 얘기가 나오기 마련이다.

나는 나 자신이 설명을 분석해야 할 필요가 있기 전에는 설명을 필요로 하는 진리를 결코 의심했던 적이 없다.

그 냄새가 아무리 감미롭다고 해도 쾌락은 부패보다 고통에 훨씬 더 가깝다.

✍

눈에 보이거나 보이지 않는 지상의 모든 것은 그 본질이 정신적인 것이다. 눈에 보이지 않는 도시로 들어갈 때 내 육신은 나의 영혼에 의해서 뒤덮인다. 영혼으로부터 육체를, 또는 육체로부터 영혼을 갈라놓으려고 하는 사람은 그의 마음을 진리로부터 돌려놓으려고 하는 셈이다. 꽃과 그 꽃의 향기는 하나이고, 꽃의 빛깔과 모양을 부정하며 꽃이란 영기(靈氣) 속에서 진동을 일으키는 향기를 지녔을 뿐이라고 말하는 사람은 눈 먼 사람이다. 그들은 냄새의 감각이 부족하기 때문에 그들에게는 꽃이란 향기가 없고, 모양과 빛깔 이외에는 아무것도 없다고 말하는 사람들과 다를 바가 없다.

창조 속의 모든 것은 그대의 내면에 존재하고, 그대의 내면에 있는 모든 것은 창조 속에 존재한다. 그대는 가장 가까운 것들과 경계선이 없이 접하고 있으며, 나아가서 멀리 떨어진 것들과 그대를 떼어놓기 위해서는 거리만 가지고는 충분하지 못하다.

가장 미천한 것으로부터 가장 숭고한 것에 이르기까지, 가장 작은 것으로부터 가장 큰 것에 이르기까지 만물은 모두 동등한 것으로서 그대의 내면에 존재한다. 하나의 원자 속에서는 대지의 모든 요소들이 발견된다. 한 방울의 물속에는 바다의 모든 비밀들이 담겨 있다. 이성의 동작한 가지 속에서는 존재의 모든 법칙을 뒷받침하는 모든 움직임들이 발견된다.

〰

신은 빛이 비치는 길로 우리들을 이끌어 가도록 저마다의 영혼 속에 길잡이를 하나씩 심어 주었다. 그렇지만 많은 사람들은 그것이 그들의 내면에 있다는 것을 의식하지 못한 채 바깥에서 삶을 추구한다.

〰

교육에서는 이성의 삶이 과학적인 실험으로부터 이지적인 이론으로, 그러고는 정신적인 느낌으로, 그러고는 신에게로 서서히 나아간다.

〰

마치 밤낮으로 삶의 바다로부터 바닷가로 올라오는 것이라고는 그것들이 전부인 것처럼, 우리들은 아직도 여전히 바다의 조가비들을 살펴보느라고 바쁘다.

〰

삶을 속여넘기기 위해 그늘에서 살아 보려고 요령을 피우는 나무는 그것을 옮겨 양지에다 다시 심으면 시들어 버린다.

〰

인간의 찬란한 삶이 나아가는 길의 양쪽에서 일어나는 황금빛 먼지로부터 언어와 정부와 종교들이 형성된다.

　'서양의 정신'은 우리들이 그것을 받아들이면 친구가 되지만 만일 우리들이 그것에게 종속된다면 그것은 우리들이 적이 되며, 우리들이 그것에게 마음을 열어 주면 친구가 되고 그것에게 우리들의 마음을 굴복시키면 적이 된다. 또한 우리들에게 어울리는 바를 취한다면 친구가 되지만 그것에 알맞게끔 이용당하도록 우리들 자신을 그냥 내버려두면 적이 된다.

　기진맥진할 정도로 고갈된다는 것은 모든 민족과 모든 사람에게 멸망을 가져와서, 그것은 힘겨운 고뇌이며, 일종의 잠 속으로 빠져드는 죽음이다.

　도예공은 찰흙으로부터 포도주 항아리를 빚어 낼 수가 있지만, 모래와 자갈을 가지고는 아무것도 만들어 내지 못한다.

　삶의 왕좌(王座) 앞에 섰다가, 이마에 흐르는 한 방울의 땀이나 마음의 피 한 방울도 그 손바닥에 남겨 놓지 못하고 떠나는 사람에게는 통곡과

탄식만이 어울릴 것이다.

우리들은 배가 고프기 때문에 자선이라는 빵을 받아먹는데, 그 빵은 우리들을 살려 놓은 다음에 칼에 베여 죽는다.

한쪽에서는 어느 건축물을 짓기 위해 쌓아 올리고 다른 한쪽에서는 성벽을 무너뜨리기 위해 사용하는 돌멩이. 그것과 마찬가지로 애정이란 얼마나 추악한 것인가!

꽃을 한 송이 심고 밭 하나를 통째로 뿌리뽑아 버리는 사랑, 하루 동안 우리들을 되살려 놓았다가는 영원히 정신을 잃게 만드는 사랑이란 얼마나 가혹한 것인가!

언어를 살려 놓는 수단은 시인의 심성과 그의 입술과 그의 손가락들 사이에 존재한다. 시인이란 창조적인 힘과 사람들 사이를 연결하는 중개자이다. 그는 영혼의 세계에 대한 소식을 연구의 세계로 전달하는 전보이다.

시인은 그가 가는 곳이라면 어디라도 따라가는 언어의 아버지요, 어머니이다. 그가 죽으면 언어는 뒤에 남아 그의 무덤 위에 몸을 던지고는 다른 어떤 시인이 와서 일으켜 세워 줄 때까지 슬피 흐느껴 운다.

∽

자식들의 재앙은 부모들이 물려준 재산으로부터 기인한다. 그리고 그 재산을 거부하지 않는 사람은 죽을 때까지 죽음의 노예로 남아 있는다.

∽

삶의 폭풍으로 인해서 떠는 사람들의 전율은 그들이 살아 있는 것처럼 보이게 만든다. 그러나 현실적으로는 그들은 태어난 그날부터 죽어 있는 셈이며, 그들은 땅에 묻히지 않은 채로 누워 있고 그래서 부패의 악취가 그들의 몸뚱이로부터 풍겨 나온다.

∽

죽은 자는 태풍 앞에서 벌벌 떨지만, 살아 있는 자는 그 태풍과 더불어 함께 걷는다.

∽

자기 자신을 숭배하는 자들은 썩은 고깃덩이를 숭배하는 이상한 사람들이다.

∽

어떤 가설을 가지고도 파헤칠 수가 없으며, 어떤 추측으로도 알아낼 수가 없는 신비들이 영혼의 내부에 존재한다.

∽

두려움 속에서 태어나 비겁한 자로 살아가기 때문에 인간은 태풍이 닥쳐온다는 것을 알게 되면 땅의 틈바구니 속으로 몸을 숨긴다.

∽

새는 인간이 지니고 있지 못한 명예를 자랑한다. 인간은 그가 만들어 놓은 법과 전통의 함정들 속에서 살아가지만, 새들은 지구로 하여금 태양의 주위를 돌게끔 만든 신의 자연법에 따라서 살아간다.

∽

믿음과 실천은 다른 이야기이다. 많은 사람들은 바다처럼 이야기를 하지만 그들의 삶은 늪처럼 정체되어 있다. 또 어떤 사람들은 산꼭대기 위로 머리를 치켜들면서도 그들의 영혼은 캄캄한 동굴의 벽에 달라붙어 있다.

∽

참배는 은둔과 고독을 요구하지 않는다.

∽

기도는 무수한 영혼들의 통곡 속에 엉켜 있을 때까지도 신의 왕좌를 향해서 나아가는 마음의 노래이다.

～

신은 영혼을 위한 신전으로서 우리들의 육신을 만들었으며, 그 신전은 신을 그 안에 모실 수 있을 만큼 튼튼하고 깨끗하게 유지해야만 한다.

～

내가 사람들과 함께 있을 때면 나는 그들로부터 얼마나 멀리 떨어져 있고, 그들이 멀리 떨어져 있을 때는 얼마나 가까이 함께 있는가.

～

사람들이 모권(母權)을 존중하는 것은 오직 그것이 그들의 법이라는 옷을 걸치고 있을 때뿐이다.

～

죽음이나 마찬가지로 사랑은 모든 것을 바꿔 놓는다.

～

어떤 사람들의 영혼은 교실의 칠판이나 마찬가지여서, 세월은 거기에다 부호들과 규칙들과 본보기들을 써 놓고, 그러고는 당장 물에 적신 해면으로 지워 버리기도 한다.

음악의 실체는 노래를 부르는 사람이 노래를 끝마치고, 연주를 하는 사람이 더 이상 현을 튀기지 않게 된 다음에 귓전에 남아 있는 그 진동 속에 존재한다.

～

나를 공격하기 위한 칼을 사려고 나에게서 돈을 꾸어 가는 사람에 대해서 내가 무슨 말을 하겠는가?

～

"그대의 적을 사랑하라."라고 나의 적이 나에게 말했다. 그리고 나는 그의 말대로 나 자신을 사랑했다.

～

흑(黑)이 백(白)에게 말했다. "만일 그대가 회색이었더라면 나는 그대에게 너그러움을 보였을 것이다."

～

모든 것의 값을 아는 많은 사람들은 그 가치에 대해서 무지하다.

～

모든 인간의 역사는 그의 이마에 쓰여 있지만, 그 역사를 쓴 언어는 계시를 받은 사람 이외에는 아무도 읽을 수가 없다.

그대 어머니의 얼굴을 나에게 보여 주면 나는 그대가 누구인지를 얘기해 주겠다.

⚬⚬⚬

나는 그의 아버지를 아는데, 그대는 내가 그를 알 수밖에 없다고 생각하지 않는가?

⚬⚬⚬

자유임을 자랑하는 사람의 자유는 노예 상태이다.

⚬⚬⚬

어떤 사람들은 그들의 고마움을 표현하기 위해서가 아니라, 그들 자신이 찬양을 받기 위해 나의 재능을 파악했다는 사실을 공개적으로 밝히기 위해 여러 사람들 앞에서 나에게 고마움을 표한다.

⚬⚬⚬

좋은 취향이란 옳은 선택을 하는 데 있는 것이 아니라, 어떤 대상에서 그것의 양과 질 사이의 자연스러운 일체성을 파악하는 데 있다.

⚬⚬⚬

어떤 사람들의 부드러움보다는 어떤 다른 사람들의 조잡함이 더 호감이 간다.

그들이 파악할 수 없는 것을 사람들이 혐오한다면, 그들은 열병으로 몸이 펄펄 끓어서 가장 맛 좋은 음식도 입맛이 없어 못 먹는 그런 격이다.

∾

나는 얼굴이 매끄러운 아이들을 사랑하고, 만일 그들이 정말로 요람과 기저귀 끈의 과정을 거쳐 성장한 사람들이라면 수염을 기른 어른들까지도 사랑한다.

∾

늑대는 한밤중에 양을 잡아먹지만, 낮에 보면 그가 범인임을 보여 주는 핏자국이 그대로 남아 있다.

∾

박해는 외로운 사람이 고통받도록 만들지 않고, 만일 그가 진실의 옳은 쪽에 서 있다면 압박이 그를 파괴하지도 못한다. 소크라테스는 독약을 들며 미소를 지었고, 스데반(기독교 최초의 순교자로서 유대교의 성전 예배를 비판하고 예수가 메시아임을 증거하였다. 이로 인해서 그는 모세의 율법에 반대하고 하느님을 모독했다고 하는 위증자들의 모함에 의해 예루살렘 근처에서 돌에 맞아 순교했다.)은 돌에 맞아 죽으면서 미소를 지었다. 진실로 아픔을 주는 것은 양심으로서, 우리들이 그것을 거역하면 양심은 괴로워하고, 우리들이 그것을 배반하면 양심은 죽어 버린다.

쉬지 않고 흘러가는 세월은 인간의 업적들을 짓밟아 버리지만, 그의 꿈들을 지워 버리거나 창조하려는 욕구를 약화시키지는 못한다. 그런 것들은 날이 저물 때의 태양과 동틀 녘의 달을 흉내내어 비록 가끔 숨거나 잠이 들기는 하더라도, '영원한 정신'의 일부이기 때문에 그대로 남아 있는다.

레바논의 젊은 여인들은 대지의 심장부로부터 솟구쳐 나와 구불구불한 계곡을 따라 흘러가는 샘물과 같다. 바다로 흘러 들어가는 길을 찾아낼 수가 없기 때문에 그것은 잔잔한 호수를 이루어 점점 높아지는 그 수면에다 반짝이는 별들과 빛나는 달의 모습을 비춰 보여 준다.

하늘이 내 마음속에서 일깨워 놓은 진리를 위해서 나는 굶주림과 갈증도 이겨 내고, 고통과 조롱도 이겨 내지 않았던가?

진리는 인간의 내면에 존재하는 신의 의지요, 목적이다.

나는 진리를 위한 나의 운명과 임무가 나를 이끌고 가는 곳이라면 어디라도 따라갈 것이다.

～

부유함을 물려받은 사람은 나약한 자들과 가난한 자들로부터 빼앗은 돈으로 저택을 짓는다.

～

죽음을 당한 새는 고통스럽고, 자의에 의한 것이 아니고, 그 과정도 알 수 없는 마지막 단계들을 거치지만, 그 처참한 춤을 지켜보는 사람들은 무엇이 그것을 야기했는지를 안다.

～

돈을 긁어내기 위한 위협 수단으로 복음을 이용하는 사람은 반역자이고… 십자가를 칼로 사용하는 자는 위선자이고… 양의 가죽을 뒤집어쓴 늑대이고… 제단보다는 식탁을 더 찬양하는 욕심쟁이이고… 굴러가는 동전을 따라 아무리 먼 곳까지도 쫓아가는 황금에 굶주린 인간이며… 과부들과 고아들의 껍질을 벗겨 먹는 사기꾼이다. 그는 독수리의 부리가 달리고, 호랑이의 발톱이 났고, 하이에나의 이빨에 독사의 송곳니가 돋아난 괴물과 같은 존재이다.

～

신은 앎과 아름다움으로 빛나며 타오르는 횃불을 그대의 마음속에 넣어 주었으니, 그 횃불을 꺼서 재 속에 묻어 버린다는 것은 죄악이다.

신은 '사랑'과 '자유'의 광활한 하늘을 날아가도록 그대의 영혼에다 날개를 달아 주었다. 그대 자신의 손으로 그 날개를 잘라 내고 그대의 영혼이 벌레처럼 땅위로 기어가는 괴로움을 겪는다는 것은 얼마나 가련한 일이겠는가.

예술이란 미지로부터 앎으로 나아가는 한 걸음의 발자국이다.

논리의 철학

비록 내가 이 시대의 마지막 사람이라고 해도
옛 조상들이 할 수 없었던 그런 일을 나는 이룩하리라.

비가 내리는 어느 날 저녁, 베이루트 시에서 살렘 에판디 데이비스는 그의 서재에서 책장 앞에 자리를 잡고 앉아 터키 담배를 피우느라고 구름 같은 연기를 두툼한 입술 사이로 가끔 뿜어내면서 책을 뒤적이기 시작했다. 그는 제자 플라톤이 기록한 소크라테스의 자아에 대한 앎을 얘기하는 대화를 읽고 있었다.

　살렘 에판디는 그가 지금까지 읽은 내용에 대해 명상했으며, 동양과 서양의 철학자들과 현인들을 찬양하는 마음으로 가슴이 뿌듯해졌다.

　'너 자신을 알라.' 라는 소크라테스의 말을 되새기며 그는 자리에서 벌떡 일어나 두 팔을 번쩍 들고 소리쳤다.

　"정말로 나는 나 자신을 알고 나의 비밀스러운 마음을 뚫고 들어가야만 하고, 그렇게 함으로써 의혹과 불안을 떨쳐 버리게 될 것이다. 나의 이상적인 존재를 나의 물질적인 존재에게 드러내 보여 주고, 그런 다음에 피와 살로 이루어진 내 존재성의 비밀들을 나의 추상적인 본질에게 드러내 보여 주는 것이 나의 궁극적인 의무이다."

심상치 않은 열정에 사로잡힌 그는 앎에 대한 사랑—자신을 알려는 욕망에 대한 사랑—으로 두 눈이 빛났다.

그러더니 그는 옆방으로 들어가 거울 앞에 동상처럼 서서 유령 같은 자신의 모습을 물끄러미 쳐다보면서, 그의 머리와 얼굴 그리고 몸뚱이의 몸통과 팔다리의 모양을 곰곰 따져 보았다.

그의 영혼이 지닌 비밀들이 벗겨져 빛으로 그의 마음을 가득 채우는 멋지고도 찬란한 생각들과 '영묘한 앎'이 소나기처럼 그에게 쏟아 내려 주기라도 하는 듯, 그는 반 시간 동안 그 자세로 가만히 있었다. 그러더니 차분하게 입을 열고 말했다.

"나는 몸집이 작지만, 그건 나폴레옹과 빅토르 위고도 마찬가지였어. 나는 이마가 좁지만, 그건 소크라테스와 스피노자도 마찬가지였어. 나는 머리가 벗겨진 대머리이지만, 그건 셰익스피어도 마찬가지였어. 나는 코가 길고 비뚤어졌지만, 볼테르와 조지 워싱턴의 코도 마찬가지였어. 나는 눈이 움푹 들어갔지만, 그건 사도 바울과 니체도 마찬가지였어. 내 두툼한 입술은 루이 14세의 입술과 비슷하고, 내 굵은 목은 한니발의 목과 마르쿠스 안토니우스의 목하고 똑같아."

잠시 쉬었다가 그는 얘기를 다시 계속했다.

"나는 귀가 길어서 동물의 머리에나 어울리겠지만, 세르반테스의 귀도 바로 그런 모양이었어. 내 이목구비는 울퉁불퉁하고 뺨은 푹 꺼졌지

76

만, 라파예트와 링컨도 그건 마찬가지였어. 나는 턱이 윌리엄 피트(영국의 정치가)와 골드스미스(영국의 작가)처럼 쑥 들어갔어. 나는 한쪽 어깨가 다른 쪽보다 더 높은데, 하기야 감베타(프랑스의 법률가이며 정치가)의 어깨도 마찬가지였어. 나는 손바닥이 너무 두툼하고 손가락이 너무 짧지만, 이 점에 있어서는 에딩턴(영국의 천문학자)을 닮았어. 내 몸은 야윈 편이지만, 이것은 위대한 사상가들의 공통된 특성이지. 나는 발자크처럼 커피 주전자를 옆에 놓고 있지 않으면 차분히 글을 쓰거나 읽을 수가 없으니 이상한 일이야. 무엇보다도 나는 속된 사람들과 친분을 맺는 경향이 있는데, 그런 점에서는 톨스토이와 비슷하지. 때때로 나는 손과 얼굴을 씻지 않고 사나흘씩 지내기도 해. 그건 베토벤과 휘트먼(미국의 시인)도 마찬가지였어. 남편들이 멀리 떨어져 있을 때 여자들이 그들의 행동에 대해 수다를 떠는 것을 들으며 나는 긴장을 풀고 시간을 보내는 이상한 버릇이 있어. 이건 바로 보카치오가 하던 행동이었지. 포도주라면 말로와 아비 노와스 노아보다는 내가 훨씬 더 좋아하고, 게걸스러움에 있어서는 에미르 바시어와 알렉산더 대왕을 능가해."

살렘 에판디는 다시 한번 말을 잠시 멈춘 다음에 더러운 손가락 끝으로 자기의 이마를 건드리고는 얘기를 계속했다.

"이것이 나 자신이고, 이것이 나의 실체이지. 나는 역사가 시작된 이래 현재에 이르기까지의 위대한 인물들이 지녔던 모든 자질을 갖추었어. 이런 자질을 갖춘 젊은이라면 숙명적으로 위대한 업적을 이룩할 수밖에 없지. 지혜의 본질은 바로 그런 자신에 대한 앎이야. 이제부터 나는 내 마음속 깊은 곳에다 눈에 보이지 않는 어떤 요소들을 심어 준 이 우주의 위대한 사상에 의해서 나에게 부여된 위대한 과업을 시작할 거야. 나는 노아의 시대로부터 소크라테스의 시대에 이르기까지, 보카치오를 거쳐 아마드 파리스 시디아크에 이르기까지의 위대한 인물들을 닮았어. 나는 어떤 위대한 행위로부터 시작해야 할지 알지 못하지만, 낮의 재능들과 밤의 영감들에 의해서 빚어진 이 신비한 모든 자질들이 신비한 자아와 현실적인 인간성과 결합된 사람이라면, 그는 의심할 나위도 없이 위대한 일들을 달성할 능력을 지니기 마련이니까……. 나는 나 자신을 지금까지 잘 알고 있었고, 그래 신은 나를 알고 있었어. 내가 내 목적을 성취할 수 있게끔 우주가 영원히 존속되기를 바랄 따름이야."

그리고 살렘 에판디는 방안에서 오락가락 걸어다녔고, 그의 추한 얼굴은 기쁨으로 빛났으며, 뼈들이 덜거덕거리는 소리에 맞춰 고양이의 야옹 소리처럼 들리는 목소리로 아비 알알라 알 마리의 시를 암송했다.

비록 내가 이 시대의 마지막 사람이라고 해도,
옛 조상들이 할 수 없었던
그런 일을 나는 이룩하리라.

그리고 잠시 후에 우리들의 친구는 지저분한 옷을 그대로 입은 채로 그의 불결한 침대에 누워 잠이 들었으며, 그가 코를 고는 소리가 맷돌을 갈아대는 소리처럼 울렸다.

더 큰 바다

나의 영혼과 나는
그 큰 바다를 떠나 더 큰 바다를 찾아 함께 걸어갔다.

어제, 그런데 어제란 얼마나 까마득하고 또 얼마나 가까운 것인가! 어제 나의 영혼과 나는 우리들의 육신에 달라붙은 세상의 진흙과 오욕을 씻어 버리기 위해서 큰 바다로 갔다.

　바닷가에 도착한 다음 우리들은 사람들의 눈을 피하기 위해 은밀한 장소를 찾았다. 그리고 바닷가를 따라 걸어가고 있던 우리들은 흙이 묻은 갈색 바위에 올라앉아 자루를 하나 들고는 가끔 소금 한줌을 꺼내 바다에 뿌리는 남자를 보았다.

　그리고 나의 영혼이 나한테 말했다.

　"이 사람은 삶에서 어둠 이외에는 아무것도 보지 못하는 비관주의자예요. 그는 우리들의 알몸을 볼 자격이 없는 사람이죠. 다른 곳을 찾아내도록 해요."

계속해서 찾아다니던 우리들은 어느 후미진 곳에 이르렀다. 그곳에서 우리들은 어떤 하얀 바위 근처에서 보석으로 장식한 작은 상자를 들고 있는 남자를 보았다. 그는 가끔 상자에서 설탕 한 덩어리를 꺼내 바다로 던졌다.

그리고 나의 영혼이 나에게 말했다.

"이 사람은 불가능한 것을 추구하는 낙관주의자예요. 저런 사람도 역시 우리들의 알몸을 볼 자격이 없어요."

그리고 우리들은 계속해서 찾아다니다가 결국 세 번째 남자를 만났는데, 그는 바닷가에 서서 자그마한 죽은 물고기들을 주워 다시 바다로 던져 넣고 있었다.

그리고 나의 영혼이 나에게 말했다.

"이 사람은 죽은 자에게 생명을 되돌려 주려고 애쓰는 자비로운 바보예요. 저 사람은 가까이 하지 말기로 해요."

그리고 우리들은 계속해서 걸어가다가 네 번째 남자를 만났는데, 그는 모래 위에다 자신의 그림자를 윤곽을 따라 그려 놓았고, 그럴 때마다 파도가 밀려와서 그가 그린 그림을 지워 버렸다.

그리고 나의 영혼이 나에게 말했다.

"이 사람은 경배할 우상을 그의 상상력으로부터 일으켜 세우려는 신비주의자예요. 우리 이 사람은 내버려두고 그냥 가요."

그러고 나서 우리들은 다섯 번째 남자를 발견했는데, 그는 물이 얕고 조용한 산호초에 서서 바닷물의 표면으로부터 거품을 걷어 내어 홍옥수(紅玉髓) 꽃병에 담고 있었다.

그리고 나의 영혼이 나에게 말했다.

"이 사람은 거미줄을 가지고 자신이 입을 옷을 짜는 이상주의자예요. 그는 우리들의 알몸을 보는 특전을 가지고 있지 않아요."

그리고 우리들은 다시 걷기를 계속해서, 결국 누가 큰 소리로 이렇게 말하는 것을 들었다.

"이것은 깊은 바다이다. 이것은 무섭고도 위대한 바다이다."

그 목소리가 나는 곳을 알아보기 위해 찾아간 우리들은 바닷물을 등지고 서 있는 어떤 남자를 보았다. 그는 귀에다 조가비를 하나 대고는 그 우르릉거리는 소리를 듣고 있었다.

그리고 나의 영혼이 나에게 말했다.

"이 사람은 파악하기가 불가능한 전체성에 대해서는 등을 돌려대고, 하찮은 것에게 끌려 다니도록 자신을 그냥 내버려두는 회의주의자니까 우리는 떠나기로 해요."

그리고 우리들은 계속해서 가다가 일곱 번째 남자를 보았는데, 그는 두 개의 바위 사이에 서서 모래에다 머리를 처박고 있었다.

그리고 나는 나 자신에게 말했다.

"오, 영혼이여! 이 사람은 우리들을 볼 수가 없을 테니까 우리 이곳에서 목욕하도록 해요."

그리고 나의 영혼은 머리를 설레설레 흔들면서 말했다.

"아녜요, 절대로 그럴 수는 없어요. 당신이 지금 보고 있는 남자는 그 가운데서도 가장 사악한 자니까요. 그는 하느님을 두려워하는 사람으로서 삶의 비극으로부터 자신을 숨기고, 그러는 사이에 삶은 그에게서 기

뺨을 숨깁니다."

그러더니 내 영혼의 얼굴에는 깊은 슬픔이 나타났고, 애절한 목소리로 그녀가 말했다.

"이곳에는 한적한 곳이 없으니까 우리 이 바닷가를 떠나기로 해요. 나는 나의 긴 황금빛 머리카락을 바람이 가지고 희롱하게 그냥 내버려두지도 않겠고, 이곳에서 내 하얀 젖가슴을 드러낼 수도 없어요."

그래서 나의 영혼과 나는 그 큰 바다를 떠나 더 큰 바다를 찾아 함께 걸어갔다.

페즈 모자와 주체성

"만일 당신이 나를 '단테의 지옥' 으로 가라고 초대했더라면
나는 그 초청을 받아들였겠지만, 오페라는 안 가겠습니다."

최근에 나는 어느 학자가 시리아에서부터 이집트까지 타고 항해했던 프랑스 증기선의 승무원에 대해서 항의하는 글을 쓴 것을 읽어 보았다. 그가 불평한 내용을 보면 그들이 함께 식사를 하는 동안 식탁에서 그에게 페즈 모자(양동이를 엎어놓은 것처럼 보이는 중동 지역의 모자로, 검은 술이 달려 있고 붉은 빛깔이다.)를 벗게 만들었다는 얘기인데, 꼭 벗겼다기보다는 벗기려고 애를 썼다고 표현해야 옳겠다.

　누구나 알고 있듯이 서양 사람들은 모자를 벗고 식사를 하는 것이 올바른 예절이라고 생각한다. 이 얘기의 주인공인 학자는 그들의 시각에서 보기에는 일상 생활을 장식해 주는 상징적인 행위들에 집착하는 동양인들의 습성을 다시금 강조한 셈이었기 때문에 그의 항변은 나를 놀라게 했다.

언젠가 나는 밀라노에서 공연하는 오페라에 힌두 군주를 초대했었는데, 그 군주가 초대를 거절하는 것을 보고 그 습성 때문에 아연했던 적이 있었다. 그때 그는 나에게 이런 말을 했다.

　"만일 당신이 나를 '단테의 지옥'으로 가자고 초대했더라면 나는 그 초청을 받아들였겠지만, 오페라는 안 가겠습니다. 나는 꼭 터번을 벗어야만 하고 담배를 피우면 안 되는 곳이라면 앉아 있을 수가 없으니까요."

　어떤 동양인이 그의 관습과 전통에 그림자의 그림자만큼이라도 집착하는 모습을 보면 나는 기분이 좋아진다. 하지만 우리들이 고려하지 않으면 안 될 몇 가지 엄격한 진실들이 있다.

　만일 그 고상한 모자가 유럽의 어느 공장에서 만들어졌으리라는 사실을 고려했더라면, 유럽의 어느 배를 타고 있는 동안 페즈 모자를 벗는 것을 못마땅해했던 우리들의 학자는 머리에서 그 모자를 벗기가 훨씬 쉽다고 생각했을지도 모른다.

　그런 주체성이 강한 자기 주장은 우선 국가의 산업과 문화에서 내세우는 것이 좋겠다. 우리들의 학자는 그의 시리아인 조상들이 시리아 사람들의 손으로 실을 뽑고 옷감을 짜서 지은 옷을 입고 시리아의 배를 타고 이집트로 항해를 자주 했던 사실을 염두에 두고 있었는지도 모른다.

　우리들의 학자에게서 발견되는 문제점은 그가 원인은 고려하지 않고 결과에 대해서만 항의를 했다는 사실이다. 자질구레하고 하찮은 문제들에 있어서만 동양적인 것을 고집하고, 그들이 서양인들로부터 물려받은 자질구레하지도 않고 하찮지도 않은 것들을 자랑하는 태도를 대부분의 동양인들은 이런 식으로 노출시킨다.

우리들의 학자와 페즈 모자를 쓰는 모든 민족에게 나는 이 말을 하고 싶다.

"당신들이 쓰는 페즈 모자를 당신들 자신의 공장에서 만드십시오. 그런 다음에는 배를 타고 가거나, 산을 오르거나, 동굴로 들어갈 때 그 모자를 어떻게 해야 할 것인지 마음대로 결정해도 되겠습니다."

어떤 특정한 자리에서 페즈 모자를 벗어야 하느냐 아니면 써야 하느냐 하는 문제에 대해서 토론을 벌이기 위해 내가 이 글을 쓰지 않았다는 사실은 하느님이 나를 위해 증언해 주실 터이다. 이 글은 흥분해서 떠는 어떤 사람의 머리 위에다 어떤 페즈 모자를 얹어 놓는 것이 아닌, 다른 목적들을 위해서 쓴 것이다.

그대의 레바논과 나의 레바논

나의 레바논은
백성의 순결함이
어둠을 달래는 시간인 태풍의 밤에
벽난로 주변에 둘러앉은 사람들의 재회이다.

그대에게는 그대의 레바논이 있고, 나에게는 나의 레바논이 있다.

　그대의 레바논은 고민거리들이 있는 정치적인 레바논이고, 나의 레바
논은 온갖 아름다움을 갖춘 자연의 레바논이다.

　그대의 레바논은 계획들과 갈등들을 지닌 레바논이고, 나의 레바논은
꿈과 희망들을 지닌 레바논이다.

　나의 비전을 지닌 자유로운 레바논에 내가 만족하듯, 그대는 그대의
레바논에 만족하라.

　그대의 레바논은 세월이 풀어 보려고 애쓰는 뒤엉킨 정치적인 매듭을
지닌 레바논이고, 나의 레바논은 푸른 하늘을 향해 경건하게 줄지어 솟
아오른 산들과 언덕들의 레바논이다.

　그대의 레바논은 아직 해결하지 못한 국제적인 골칫거리이고, 나의 레

바논은 교회 종소리가 두런거리고 개울들이 속삭이는 고요하고 마술에 걸린 골짜기들이다.

그대의 레바논은 서방과의 투쟁이요 남방으로부터의 적이며, 나의 레바논은 양치기들이 풀밭으로 양떼를 이끌고 가는 아침과 농부들이 밭과 포도원에서 돌아오는 때인 저녁에 하늘에서 선회하는 날개가 달린 기도이다.

그대의 레바논은 무수한 머리들의 인구 조사이고, 나의 레바논은 하나의 영원성과 다른 하나의 영원성 사이에 자리잡은 시인처럼 바다와 평원 사이에 자리잡고 앉은 평화로운 산이다.

그대의 레바논은 하이에나를 만날 때 여우가 동원하는 꾀이고, 늑대를 만날 때 하이에나가 동원하는 계략이며, 나의 레바논은 달빛 속에서 환희하는 아가씨들의 추억으로 엮은 꽃다발이요, 타작 마당과 포도즙을 짜는 기계 사이의 처녀들이다.

그대의 레바논은 주교와 장군이 벌이는 체스 시합이고, 나의 레바논은 내 영혼이 바퀴를 삐걱거리며 굴러가는 이 문명 세계에 대해서 싫증을 느낄 때 그 안에서 안식처를 찾게 되는 신전이다.

그대의 레바논은 두 사람—세금을 내는 쪽과 세금을 거두는 쪽—이고, 나의 레바논은 하느님과 태양의 빛 이외에는 모든 것을 망각한 채로 '거룩한 삼나무' 의 그늘에서 팔베개를 하는 레바논이다.

그대의 레바논은 항구들과 직책들과 통상이고, 나의 레바논은 아득한 생각과 열렬히 타오르는 애정과 우주의 귓전에다 대지가 속삭여 주는 신성한 어휘들이다.

그대의 레바논은 임명된 사람들과 고용인들과 감독들이고, 나의 레바논은 젊은 시절의 성장과 성숙기의 결단력과 노년기의 지혜이다.

그대의 레바논은 대표자들과 위원회들이고, 나의 레바논은 백설의 순결함이 어둠을 달래는 시간인 태풍의 밤에 벽난로 주변에 둘러앉은 사람들의 재회이다.

그대의 레바논은 정당과 파벌이고, 나의 레바논은 바위산을 오르고 개울을 건너고 들판을 헤매는 젊은이다.

그대의 레바논은 연설과 강연과 토론이고, 나의 레바논은 지빠귀들이 노래하는 소리이며 숲 속에서 나뭇가지들이 바스락거리는 소리이고 계곡에서 양치기의 피리가 되울리는 메아리 소리이다.

그대의 레바논은 가면과 훔쳐 온 사상과 기만이고, 나의 레바논은 소박하고 숨김없는 진실이다.

그대의 레바논은 법과 규칙과 서류와 외교 문서이고, 나의 레바논은 의식적인 지식이 없이도 알게 되는 삶의 비밀들과의 접촉이요, 민감한 그 촉수로 눈에 보이지 않는 머나먼 끝에 이르러서 그것이 꿈이라고 믿는 그리움이다.

그대의 레바논은 수염을 쓰다듬으며 오직 자신만을 생각하고, 걸핏하면 얼굴을 찡그리는 노인이다. 나의 레바논은 탑처럼 꿋꿋한 젊은이여서 새벽처럼 미소를 짓고, 자기 자신 못지않게 다른 사람들도 생각해 준다.

그대의 레바논은 시리아와 갈라지고 싶어하면서도 동시에 하나가 되기를 원한다. 나의 레바논은 합치거나, 갈라지거나, 늘어나거나, 줄어들지를 않는다.

그대에게는 그대의 레바논이 있고 나에게는 나의 레바논이 있으며, 그대에게는 그대의 레바논과 그 아들들이 있고 나에게는 나의 레바논과 그 아들들이 있다.

그러나 그대의 레바논 아들들은 누구인가?

그들의 실체를 내가 그대에게 알려주겠는데―

그들의 영혼은 서양의 병원에서 태어났고, 그들의 이성은 너그러운 자의 역을 맡아 그 역을 해내는 탐욕스러운 자들의 품속에서 나약해졌다.

그들은 이리저리 흔들리는 유연한 나뭇가지들과 마찬가지이다.

그들은 아침저녁으로 떨면서도 자신이 떨고 있다는 사실을 전혀 알지 못한다.

그들은 돛대도 없고 방향타도 없이 파도에 부딪치는 배와 같다. 그 배의 선장은 회의주의자이고, 그 배가 찾아가는 항구란 귀신들의 동굴인데, 하기야 유럽의 모든 대도시는 귀신들의 동굴이 아니던가?

레바논의 이 아들들은 그들끼리만 있을 때는 강력하고 열변을 토하지만, 유럽인들과 같이 있을 때는 나약하고 말이 없으며, 그들은 자유롭고 열렬한 개혁가들이지만, 신문 지상과 연단 위에서만 그렇다.

그들의 오래된 적들이 그들 자신의 몸 속에 숨어 있는 동안 그들은 개구리가 우는 소리로 "우리들은 오래된 적들을 제거하고 있다."라고 말한다.

그들은 장례 행렬에 참가하여 노래부르고 나팔을 불지만, 결혼 행렬은 통곡하며 옷을 찢어 버리면서 맞는다.

그들은 호주머니 속에서 그것을 느끼게 되기 전에는 굶주림에 시달리는 사람을 만나면 그들은 그를 조롱하고 꺼리면서 "그는 유령들의 세계에서 돌아다니는 귀신일 따름이다."라고 말한다.

그들은 녹슨 족쇄를 번쩍거리는 새것으로 바꿔 주었다고 해서 그들 자신이 해방되었다고 생각하는 노예들과 마찬가지이다.

바로 그들이 그대의 레바논의 아들들이다. 그들 가운데 레바논의 바위처럼 꿋꿋하고, 레바논의 산처럼 숭고하고, 레바논의 강물처럼 달콤하고 순수하며, 기운을 북돋게 하는 레바논의 산들바람처럼 깨끗하고 신선한 사람이 하나라도 있는가?

그들 가운데 그의 생애가 레바논의 혈관에서 한 방울의 피가 되었거나, 레바논의 눈에서 흘러나오는 한 방울의 눈물이 되었거나, 레바논의 입술에 미소로써 나타났다고 떳떳하게 주장할 수 있는 사람이 하나라도 있는가?

그들이 바로 그대의 레바논의 아들들이다. 그들은 그대의 눈에 얼마나 위대하게 보이고, 내 눈에는 얼마나 왜소하게 보이는가!

이제 나는 나의 레바논의 아들들을 그대에게 보여 주겠노라.

그들은 돌멩이투성이인 땅을 일궈 과수원들과 화원들을 가꾸는 농부들이다.

그들은 양들이 늘어나고 번식하여 그들의 고기를 식량으로, 그리고 털을 옷으로 그대에게 제공하기 위해 양떼를 이 계곡에서 저 계곡으로 이끌고 다니는 양치기들이다.

나의 레바논의 아들들은 포도를 짜서 훌륭한 포도주를 만드는 포도원

원정(園丁)들이고, 뽕나무들을 키우는 아버지들이고, 또 비단을 짜는 아버지들이며, 밀을 추수하는 남편들이고, 볏단들을 거두어들이는 아내들이다.

그들은 석공들이요, 도자기공들이요, 옷감을 짜는 사람들이요, 교회의 종을 만드는 사람들이다.

그들은 새로운 시구에다 영혼을 쏟아 내는 시인들이요, 가수들이다.

그들은 두 손에 흙을 잔뜩 움켜쥐고 이마에는 성공의 월계관을 쓰고 돌아오리라는 결심과 열정을 품고 불타는 마음으로 무일푼으로 레바논을 떠나 다른 나라로 가는 사람들이다.

그들은 그들의 새로운 환경에 적응하고, 어디를 가나 존경을 받는다.

이 사람들이 나의 레바논의 아들들이요, 꺼지지 않는 횃불이요, 썩지 않는 소금이다.

그들은 진리와 아름다움과 완벽성을 향해서 꿋꿋한 발걸음으로 나아간다.

오늘부터 100년 후의 레바논과 그의 자손들을 위해 과연 그대는 무엇을 남기겠는가? 허식과 거짓과 우매함 이외에 미래를 위해서 그대는 무엇을 남길 것인지를 나에게 얘기해 보라.

그대는 에테르가 죽음의 유령들과 무덤들의 숨결을 보존할 것이라고 믿는가?

그대는 삶이 누더기를 걸친 레바논의 몸뚱이를 질식시키리라고 상상하는가?

레바논의 산기슭에다 마을 사람이 심어 놓은 감람나무 묘목이 그대의 행위들과 업적들보다 더 오래 존속하리라는 것을 나는 진심으로 그대에게 말한다. 그리고 레바논의 언덕에서 두 마리의 소가 끄는 나무 쟁기는 그대의 희망과 야망들보다 더 많은 영광을 거둘 것이다.

레바논의 비탈에서 채소를 뽑는 사람의 노래가, 그대가 자랑하는 명사(名士)들이 늘어놓는 쓸데없는 얘기보다 훨씬 가치가 있다고 나는 그대에게 말하노니, 전 세계의 양심이 나의 증인이 되리라.

그대는 아무것도 아니라는 사실을 기억하라. 그러나 그대가 자신의 왜소함을 깨우치고 나면, 그대에 대한 나의 혐오감은 공감과 애정으로 바뀔 것이다.

그대가 이해를 못한다는 것은 안타까운 일이며, 그대에게는 그대의 레바논이 있고 나에게는 나의 레바논이 있으며, 그대에게는 그대의 레바논과 그의 아들들이 있다.

만일 그대가 속이 텅 빈 거품에 대해서 행복해한다면, 그대의 레바논과 그 자식들에 대해서 만족해도 좋으리라.

나 자신으로 말할 것 같으면, 나는 나의 레바논에 대해서 편안하고 행복하며, 레바논에 대한 나의 관념 속에는 다정함과 흐뭇함과 평온함이 담겨 있다.

어느 처녀의 이야기

어느 누구의 손도 닿을 수 없는 한 송이 꽃처럼
그녀는 처녀로 살다가 죽었다.

그의 군대가 적에게 몰리게 되자 장군은 다음과 같은 명령을 내릴 수밖에 없었다.

"생명과 탄약의 손실을 피하기 위해서 우리들은 적이 알지 못하는 마을로 질서 정연하게 후퇴한 다음 새로운 전략을 짜야만 되겠다. 적의 손아귀에 떨어지는 것보다는 그런 탈출로를 택하는 편이 더 현명하기 때문에 우리들은 사막을 통과해 행군하기로 한다. 우리들은 지나가는 길에 식량과 필수품을 확보하기 위해 사원들과 수도원들을 점령하게 될 것이다."

군사들은 이 필사적인 상황에서 다른 선택의 여지가 없었기 때문에 아무도 반대를 하지 않았다.

그들은 피로와 열기와 갈증과 굶주림에 시달리며 며칠 동안 사막에서

강행군을 했다.

그러던 어느 날, 그들은 고대 성채처럼 보이는 위압적인 건축물을 발견했다. 그 정문은 성벽으로 둘러싼 도시의 성문 같았다. 그것을 보고 병사들은 기뻐서 마음이 들떴다. 그들은 이곳이 그들에게 휴식과 먹을 것을 제공할 수 있는 수녀원이라고 생각했다.

그들이 성문을 열었더니 한참 동안 아무도 그들을 맞으러 나오지 않았다. 조금 후에 몸에서 얼굴만 보이도록 온통 검은 옷을 입은 여자가 문간에 나타났다.

사령관에게 그녀는 이곳이 수녀원이므로 마땅히 그에 알맞은 격식을 갖춰야 하며, 수녀들에게 어떠한 해를 끼쳐서도 안 된다고 설명했다.

장군은 수녀들을 완전히 보호해 주겠다고 약속하고는 병사들에게 먹일 음식을 요구했다. 병사들은 수녀원의 널찍한 정원에서 식사 대접을 받았다.

사령관은 나이가 마흔 살쯤 되었고 흉악하고도 난잡한 남자였다. 걱정으로 긴장했던 그는 그의 몸을 풀어 줄 여자를 하나 원했고, 그래서 수녀 한 명을 강간하기로 작정했다. 그리하여 이 거짓되고 썩어빠진 세상의 번잡함으로부터 멀리 떨어져 하느님과 영적인 교류를 나누고 끝없이 기도를 드리기 위해 수녀들이 정착하여 살아가던 그 성스러운 곳을 그는 흉악한 욕정을 못 이겨 더럽히게끔 되었다.

수녀원장을 안심시킨 다음에 그 음흉한 사령관은 그가 창문을 통해서 보았던, 어느 수녀가 사는 방으로 통하는 사다리를 기어 올라갔다.

여러 해 동안 계속해서 기도를 드리고 혼자 금욕을 해 왔음에도 불구하고 그녀의 순결한 얼굴에서는 여성적인 아름다움의 모든 흔적이 지워지지 않고 그대로 남아 있었다.

그녀는 세상살이 때문에 정신이 흐트러지지 않은 마음으로 하느님께 경배할 수 있는 곳이며, 죄 많은 세상으로부터 피할 수 있는 안식처를 구해서 이곳으로 왔던 터였다.

그녀의 방으로 들어선 흉악한 자는 칼을 뽑아 들고 만일 그녀가 도움을 청하기 위해 큰 소리를 지르면 죽여 버리겠다고 위협했다.

그녀는 말없이 미소를 지었으며, 그의 소망을 기꺼이 들어주려는 것처럼 행동했다. 그러더니 그녀는 그를 쳐다보고 말했다.

"당신은 지금 무척 피곤해 보이니까 거기 앉아서 휴식을 취하도록 하세요."

그는 먹잇감에 대해서 자신감을 느끼며 그녀 가까이 자리를 잡고 앉았다.

그러자 그녀는 그에게 말했다.

"죽음의 품으로 자신을 던져 버리면서도 두려워할 줄 모르기 때문에 나는 당신 같은 군인들을 신기하게 생각해요."

이 말을 듣고 어리석은 겁쟁이가 대답했다.

"상황이 우리들로 하여금 억지로 전쟁터에 나가도록 만든 것이죠. 만일 사람들이 나더러 겁쟁이라고 하지만 않는다면 나는 저주받은 군대의 지휘를 맡겠다고 동의하기 전에 벌써 도망쳤을 겁니다."

그녀가 그에게 미소를 짓고 말했다.

"하지만 이 거룩한 수녀원에는 우리들이 사용하는 연고가 하나 있는

데, 그 연고를 몸에 바르면 아무리 날카로운 칼이 내려친다고 해도 보호를 받을 수 있다는 걸 당신은 모르시죠?"

"놀랍군요! 그 연고가 어디 있습니까? 난 그게 꼭 필요해요."

"좋아요. 내가 그걸 당신에게 좀 주겠어요."

그런 미신들을 사람들이 아직도 믿고 있던 시대에 태어났기 때문에 장군은 이 거룩한 수녀의 말을 추호도 의심하지 않았다.

그녀는 병을 하나 열어 하얀 연고를 그에게 보여 주었다. 그것을 보자 장군은 갑자기 의심이 들기 시작했다. 그녀는 그것을 조금 덜어서 그녀의 목에 바르고는 그에게 말했다.

"만일 당신이 내 말을 믿지 못하겠다면, 내가 그걸 당신한테 증명해 보이겠습니다. 그 칼을 들어 있는 힘을 다해서 내 목을 쳐보세요."

그는 주저했지만, 그녀는 힘껏 쳐보라고 자꾸 재촉했으며 마침내 그는 그녀가 시키는 대로 했다.

그는 수녀의 머리가 그녀의 몸뚱이에서 마룻바닥으로 굴러 떨어지는 것을 보고 하마터면 기절할 뻔했다. 그러자 그제야 그는 수녀가 몸을 더럽히지 않으려고 계략을 부렸다는 사실을 깨달았다.

수녀는 죽었고……, 사령관은 처녀의 시체와 연고가 담긴 병, 이렇게 두 가지말고는 그의 눈앞에 아무것도 보이지 않았다. 그는 이제 머리가 잘려 나간 몸뚱이와 연고를 멍하니 응시하기 시작했다. 그러더니 그는 겁이 덜컥 나서 문을 열고 달려나가 피 묻은 칼을 치켜들고는 그의 병사들에게 소리쳤다.

"서둘러라! 서둘러라! 어서 이곳에서 나가야 한다!"

그는 계속해서 달려갔고, 그러자 부하 몇 명이 그를 붙잡았으며, 장군은 정신이 나간 아이처럼 울부짖었다.

"내가 그 여자를 죽였어! 내가 그 여자를 죽였어!"

그대의 신념과 나의 신념

나의 신념은
평화에 대한 사랑과 독립에 대한 욕망을
나의 내면에 심어 준다.

그대의 신념은 전통의 흙 속에 뿌리를 깊이 박은 나무여서, 그 가지들은 계속성의 힘에 의해 자라난다.

나의 신념은 하늘에서 돌아다니는 구름이다. 그것은 방울들을 이루어 떨어져서는 개울이 되어 노래부르며 바다로 흘러 들어간다. 그런 다음에 수증기가 되어 하늘로 올라간다.

그대의 신념은 성채여서 태풍이나 벼락에도 흔들리지 않는다.

나의 신념은 부드러운 잎사귀여서 이리저리 흔들리고 그 흔들림에서 기쁨을 느낀다.

그대의 신념은 고대의 교리여서 그것이 그대를 바꿔 놓지도 못하려니와 그대도 그것을 바꿔 놓을 수가 없다.

나의 신념은 새로워서 아침저녁으로 그것이 나를 시험하고, 나도 그것을 시험한다.

그대에게는 그대의 신념이 있고, 나에게는 나의 신념이 있다.

그대의 신념은 강한 자와 약한 자 사이의 평등하지 못한 투쟁과 영리한 자들이 순진한 자들에게 부리는 농간을 그대가 신봉하도록 허락해 준다.

나의 신념은 나의 마음속에서 내 호미로 흙을 일구고, 내 낫으로 곡식을 거두어들이고, 돌멩이와 회반죽으로 나의 집을 짓고, 양털과 아마포실을 가지고 나의 옷을 짜고 싶은 욕망을 일깨운다.

그대의 신념은 그대로 하여금 부유함과 명성을 추구하도록 부추긴다.

나의 신념은 자립심을 권한다.

그대의 신념은 명예와 허세를 내세운다.

나의 신념은 오명을 떨쳐 버리고, 그것을 영원의 바닷가에 쌓인 모래 가운데 한 낱으로 취급하도록 나에게 충고하고 간청한다.

그대의 신념은 그대의 마음속으로 교만함과 우월감이 스며들게 한다.

나의 신념은 평화에 대한 사랑과 독립에 대한 욕망을 나의 내면에 심어 준다.

그대의 신념은 비단실을 꼬아 만든 침대와 보석으로 장식한 백단(白檀) 가구를 들여놓은 궁전들에 대한 꿈을 잉태한다.

나의 신념은 이렇게 내 귓전에다 부드럽게 속삭인다.

"비록 그대의 머리를 놓을 자리가 없다고 해도 몸과 마음은 깨끗해야 한답니다."

그대의 신념은 그대로 하여금 공직(公職)과 지위를 갈구하게끔 만든다.

나의 신념은 나에게 겸손한 봉사를 하도록 간청한다.

그대에게는 그대의 신념이 있고, 나에게는 나의 신념이 있다.

그대의 신념은 사회 과학이요, 종교 및 정치 사전이다.

나의 신념은 단순한 격언이다.

그대의 신념은 아름다운 여자와 추악한 자와 덕망이 높은 자와 창녀와 지성인과 어리석은 자들을 얘기한다.

나의 신념은 모든 여자에게서 모든 인간의 어머니와 누이와 딸을 본다.

그대의 신념에서 주인공 노릇을 하는 것은 도둑들과 범죄자들과 자객들이다.

나의 신념은 도둑이란 독점하려는 자들이요, 범죄자란 폭군들의 졸개들이요, 자객들이란 살해를 당한 자와 동족임을 선언한다.

그대의 신념은 법과 법정과 재판상과 처벌을 설명한다.

나의 신념은 인간이 법을 만든다면 그 법은 인간이 어기거나 복종할 수밖에 없다고 설명한다.

만일 기본적인 법이 하나 있다면, 우리들은 누구나 다 그 법 앞에서 하나이리라.

수단을 깔보는 자는 자신이 바로 그 수단이 된다. 죄지은 자들에 대해 코웃음치는 자신의 태도를 자랑 삼는 사람은 모든 인간에 대해 코웃음 친다고 자랑하는 셈이다.

그대의 신념은 재능 있는 자와 예술가와 지성인과 사상가와 성직자에

관한 것이다.

나의 신념은 사랑하는 사람들과 다정한 사람들, 진지한 사람들, 정직한 사람들, 솔직 담백한 사람들, 친절한 사람들, 순교자들을 얘기한다.

그대의 신념은 유대교, 브라만교, 불교, 기독교, 회교를 내세운다.

나의 신념에 있어서는 보편적인 종교가 오직 하나뿐이며, 그 종교의 갖가지 길들은 궁극적인 존재의 사랑이 담긴 손에 달린 손가락들에 지나지 않는다.

그대의 신념에서는 부유한 자와 가난한 자와 구걸하는 자가 있다.

나의 신념은 부유함이란 존재하지 않는 삶뿐이며, 우리들은 누구나 다 거지여서, 삶 그 자체 이외에는 어떤 은혜를 베푸는 자도 존재하지 않는다고 주장한다.

그대에게는 그대의 신념이 있고, 나에게는 나의 신념이 있다.

그대의 신념에 따르면, 민족의 위대성이란 그들의 정치와 정당과 회담과 동맹과 조약 속에서 발견된다고 한다.

그러나 나의 신념은 민족의 중요성은 일—들판에서 하는 일과 포도원에서 하는 일과 베틀에서 하는 일과 무두질 공장에서 하는 일과 채석장에서 하는 일과 목재소에서 하는 일과 사무실이나 인쇄소에서 하는 일—에서 발견된다고 선언한다.

그대의 신념은 민족의 영광이란 그들의 영웅들에게서 기원한다고 주장한다.

그리고 그 신념은 라메시스와 알렉산더와 카이사르와 한니발과 나폴레옹을 찬양한다.

그러나 나의 신념은 공자(孔子)와 노자(老子)와 소크라테스와 플라톤과 아비 타레브와 엘 가잘리와 잘랄 에드 딘 엘 로미와 코페르니쿠스와 파스퇴르가 참된 영웅이라고 주장한다.

그대의 신념은 군대와 대포와 전함과 잠수함과 비행기와 독가스에서 힘을 발견한다.

그러나 나의 신념은 이성과 결단력과 진리 속에 힘이 존재한다고 주장한다. 폭군이 아무리 오래 버틴다고 하더라도, 그는 결국 패배자로서 끝장을 본다.

그대의 신념은 실용주의자와 이상주의자를, 부분과 전체를, 신비주의자와 유물론자를 구분한다.

나의 신념은 '삶'이란 '하나'이며, 그 삶의 중요성과 척도와 도표들하고 일치하지 않는다는 사실을 깨닫는다.

그대가 이상주의자라고 간주하는 사람은 어쩌면 실리적인 사람일지도 모른다.

그대에게는 그대의 신념이 있고, 나에게는 나의 신념이 있다.

그대의 신념은 폐허와 박물관, 미라와 석화(石化)한 물건들에 대해서 흥미를 느낀다.

그러나 나의 신념은 영원히 재생되는 존재와 구름 속에 떠 있다.

그대의 신념은 해골들 위에 버티고 앉아 있다. 그것을 자랑스럽게 생각하기 때문에 그대는 그것도 역시 영광으로 생각한다.

나의 신념은 이름도 없는 머나먼 계곡에서 방황한다.

그대가 춤을 추는 동안 그대의 신념은 나팔을 불어 준다.

나의 신념은 그대의 음악과 춤보다 죽음의 고뇌를 좋아한다.

그대의 신념은 헛소문과 거짓된 쾌락의 신념이다.

나의 신념은 자신의 나라에서 길을 잃은 사람의 신념이요, 자신의 민족 속에서 이방인이 된 사람의 신념이요, 친척들과 친구들 사이에서 외톨이가 된 사람의 신념이다.

그대에게는 그대의 신념이 있고, 나에게는 나의 신념이 있다.

아실반

이것은 정말이지
눈동자에다 바늘로 써 놓을 만한
가치가 있을 만큼 재미있는 이야기로군요.

곳 _ 베이루트에 있는 요시프 무시라의 집

때 _ 1901년 봄 어느 날 저녁

등장인물

바울 아실반 _ 음악가이며 작가

요시프 무시라 _ 작가이며 학자

엘렌 무시라 _ 요시프의 아내

살렘 모와드 _ 시인이며 거문고 연주자

칼릴 베이 타메르 _ 정부 관리

막이 오르면 요시프 무시라 저택의 살롱이 나타나는데, 이 널찍하고 아름다운 방의 여러 탁자에는 책과 잡지와 신문들이 흩어져 있다. 칼릴 베이 타메르는 터키제 파이프를 피우고 있으며, 엘렌은 수를 놓고, 요시프 무시라는 담배를 피우고 있다.

칼릴

(요시프에게) 난 오늘 《예술》지에 당신이 발표한 글을 읽었는데, 무척 마음에 들더군요. 그 유럽적인 논조만 아니었더라면 나는 그것이 지금까지 내가 읽은 글들 가운데 가장 우수한 것이라고 주장했을 거예요. 하지만 나는 서양의 교육이 미친 나쁜 영향을 예견할 수가 있습니다.

요시프

당신 얘기가 맞을지도 모르지만, 나의 친구여, 당신의 행동은 당신의 관념과 상반됩니다. 당신은 유럽 옷을 입고, 부엌에서는 유럽 식기류를 사용하고, 유럽식 의자에 앉아서 시간을 보내니까요. 무엇보다도 당신은 아랍 책보다 서양 문학 작품을 읽느라고 더 많은 시간을 보냅니다.

칼릴

그런 것들은 아주 피상적인 양상이어서 참된 문화하고는 아무 관계가 없어요.

요시프

아닙니다. 그것들은 결정적이고도 본질적인 관련이 있습니다. 만일 이 문제를 더 깊이 생각해 보신다면 예술은 관습과 양식 그리고 종교적·사회적 전통들, 즉 우리들의 삶에서 모든 양상을 반영하고 거기에 영향을 준다는 사실을 당신도 깨닫게 될 것입니다.

칼릴

나는 동양인이고, 아무리 유럽 옷을 걸쳤다고 해도 그대로 동양인으로 남아 있을 것입니다. 아랍의 문학이 유럽의 영향력들에 속박되지 않은 상태로 남아 있어야 한다는 것이 나의 진지한 소망입니다.

요시프

그렇다면 당신은 아랍 문학이 죽어 버려야 한다고, 사형에 처하고 싶다는 얘기인가요?

칼릴

어째서 그런 얘기가 나오죠?

요시프

현대 문화를 생성함으로써 스스로 재생하는 데 실패하는 옛 문화들은 지성의 죽음을 맞아야 할 운명이니까요.

칼릴

그 증거는 무엇입니까?

요시프

그 증거는 무수히 많습니다.

(이때 바울 아실반과 살렘 모와드가 들어온다. 예의를 갖추느라고 모두들 자리에서 일어선다.)

요시프

우리 집을 찾아주신 걸 환영합니다, 나의 형제들이여. (바울 아실반에게) 어서 오십시오, 시리아의 나이팅게일이여.

(바울을 쳐다보는 엘렌은 뺨이 붉어지고, 기쁨의 표정이 그녀의 얼굴에 드러난다.)

살렘

부탁입니다. 요시프, 바울에게는 당신의 찬사를 삼가 주세요.

요시프

왜요?

살렘

(짐짓 심각한 체하며) 그건 그가 명예와 존경심과는 거리가 먼 무엇을

했기 때문입니다. 그는 이상한 기분에 사로잡혀 있고, 미쳐 있습니다.

바울

(살렘에게) 내 결점들을 가지고 험담이나 하라고 내가 당신을 이곳으로 데리고 온 줄 알아요?

엘렌

무슨 일이 있었나요, 살렘? 당신은 바울에게서 어떤 새로운 결점들을 찾아냈나요?

살렘

새로운 결점이 아니라 묵은 결점인데, 극단적인 지경에 이르고 보니 새로운 것처럼 여겨질 따름이죠.

요시프

무슨 일이 있었는지 우리들한테 얘기해 봐요.

살렘

(바울에게) 당신은 그 얘기를 내가 하기를 바라나요? 아니면 당신이 스스로 고백하겠어요?

바울

나는 당신이 무덤처럼 침묵을 지키거나, 늙은 여자의 마음처럼 고요한 상태로 남아 있었으면 좋겠어요.

살렘

그렇다면 내가 얘기를 안 할 수가 없군요.

바울

아닙니다. 당신이 어떤 부류의 남자인지를 모두들 알 수 있게끔 무슨 일이 있었는지 우리 친구들에게 내가 얘기해 주고 싶어요.

엘렌

(살렘에게) 무슨 일이 있었는지 어서 얘기해 봐요. (바울에게) 어쩌면 살렘이 폭로하고 싶어하는 범죄가 당신의 미덕을 증명하는 것일 뿐인지도 모르니까요, 바울.

바울

나는 죄를 저지르지도 않았고, 그렇다고 해서 덕을 쌓지도 않았지만, 우리들의 이 친구가 얘기를 하고 싶어 안달하는 내용은 입에 올릴 만한 가치도 없는 것입니다. 그뿐만 아니라 나는 한가한 잡담의 대상이 되는 걸 달갑게 생각하지도 않고요.

엘렌

좋아요. 어디 그 얘기를 들어 보도록 하죠.

살렘

(담배를 말면서 요시프의 옆에 앉는다.)

여러분은 잘랄 파샤가 그의 아들 결혼식을 축하하기 위해 열었던 파티 얘기를 틀림없이 들었을 겁니다. 그는 (바울을 가리키며) 이 악당하고 나까지도 포함해서 이 도시의 모든 저명인사들을 초청했습니다. 내가 초대를 받았던 이유는 내가 바울의 그림자나 마찬가지일 뿐 아니라, 우리 고명하신 바울께서는 내가 따라가지 않으면 노래를 부를 생각조차 하지도 않기 때문이라는 사실은 널리 알려진 바입니다.

당당하신 바울의 습성이 늘 그렇듯이 우리들은 늦게 도착했습니다. 그곳에서 우리들은 총독과 주교, 아름다운 귀부인들과 학자들, 시인들, 태수(太守)들, 그리고 족장들을 만났습니다.

우리들이 포도주 잔들과 향로들 사이에 앉아 있으려니까 손님들은 마치 바울이 하늘에서 내려온 천사라도 되는 것처럼 그를 멍하니 쳐다보았어요. 전장에서 돌아온 영웅들에게 아테네의 여인들이 그랬듯이 아름다운 귀부인들이 그에게 포도주와 꽃을 갖다 바쳤고요.

간단히 얘기하자면 우리들의 바울은 명예와 존경심의 대상이었으며…… 내가 거문고를 집어 들고 잠시 연주를 하고 나니까 바울이 입을 열어 알 파리드의 시 한 수를 노래하더군요. 청중은 마치 엘 무솔리가 그들의 귓전에다 거룩하고 마술적인 곡(曲)을 하나 속삭여 주려고 저승으로부터 돌아오기라도 한 것처럼 귀에다 모든 신경을 집중시켰습니다.

그때 갑자기 바울이 노래를 중단했어요. 청중은 그가 포도주로 목청을 가다듬은 다음에 다시 노래를 계속하리라고 기대했습니다. 하지만 바울은 계속해서 침묵을 지켰어요.

바울

그만해요. 이 헛소리는 더 이상 계속하지 말아요. 우리의 친구들이 흥미가 없어할 것이라고 나는 확신하니까요.

요시프

나머지 얘기도 우리들이 다 듣게 해주세요.

바울

보아하니 당신들은 나라는 존재보다 그의 잡담을 더 좋아하는 것 같군요. 난 그만 가 보겠습니다.

엘렌

(다정한 시선으로 바울을 쳐다본다.)

앉아요, 바울. 무슨 얘기가 나오거나 간에 우리들은 모두 당신 편이니까요.

(바울이 마지못해 자리에 앉는다.)

살렘

(얘기를 다시 계속한다.)

나는 우리 바울이 알 파리드의 시 한 수를 읊고 노래를 중단했다는 얘기를 했습니다. 이것은 불쌍하고 굶주린 청중에게 여신의 빵 한 조각을 준 다음에 식탁을 발로 차서 뒤엎어 꽃병들과 잔을 깨뜨리는 행위에 해당됩니다. 그는 나일 강의 모래밭에 있는 스핑크스처럼 말없이 앉아 있었어요. 아름다운 귀부인들이 한 사람씩 자리에서 일어나 바울에게 노래를 불러 달라고 애원했지만, 그는 목이 아프다고 하면서 거절했습니다. 그러자 저명인사들이 나와서 그에게 간청했지만, 그는 마치 하느님이 그의 마음을 돌로 만들어 놓고 그의 노래를 새침한 애교로 바꿔 놓기라도 한 것처럼 꼼짝도 하지 않고 그대로 있었어요.

자정이 지난 다음에 잘랄 파샤는 그를 다른 방으로 데리고 가서 그의 손에다 한줌의 디나르(7세기 말에 처음 제조되어 여러 세기 동안 회교국에서 사용된 화폐 단위)를 쥐어 주고는 말했습니다.

"당신의 노래가 없다면 이 피로연의 분위기는 김이 빠지고 말 것입니다. 나는 이 선물을 보수가 아닌 당신에 대한 나의 애정과 흠모하는 마음의 표시로 받아 주기를 부탁드립니다. 제발 우리들을 실망시키지 말아 주세요."

그러자 바울은 디나르를 던져 버리고는 정복한 왕과 같은 어조로 말했습니다.

"당신은 나를 모욕하고 있습니다. 나는 축하를 해주는 하객으로서 이곳을 찾아온 것이지 나 자신을 팔아먹으려고 온 것이 아닙니다."

화가 난 잘랄 파샤는 험악한 무슨 말을 했고, 감정이 민감한 우리들의 바울은 비참하게 개탄하며 그 집을 나왔답니다. 나는 아름다운 여인들과 잔칫상의 포도주와 음식을 남겨 두고 거문고를 집어 들고는 그를 따라 나와야만 했고요.

나는 그에 대한 나의 헌신에 관해서 나를 칭찬하거나, 심지어는 고마워하지도 않았던 나의 고집스러운 친구 때문에 그 모든 것을 희생했던 거예요.

요시프

(웃으며) 이것은 정말이지 눈동자에다 바늘로 써 놓을 만한 가치가 있을 만큼 재미있는 이야기로군요.

살렘

내 얘기는 아직 끝나지 않았어요. 그 사건에서 가장 흥미 있는 부분은 앞으로 나올 테니까요. 인도나 페르시아의 어떤 이야기꾼도 그토록 기막힌 종결은 절대로 생각하지 못할 거예요.

바울

(엘렌에게) 나는 당신 때문에 그냥 머물겠지만, 제발 이 개구리더러 그만 울어대라고 해주세요.

엘렌

얘기를 마저 다 하게 내버려두세요, 바울. 우리들이 모두 당신 편이라는 걸 내가 당신한테 다짐해 둘 테니까요.

살렘

(또 하나의 담배에 불을 붙이고 얘기를 계속한다.)

바울은 부유한 자들을 저주하고, 나는 마음속으로 바울을 저주하며 우리들은 잘랄 파샤의 집을 나왔습니다. 하지만 여러분은 우리들이 잘랄 파샤의 저택에서 집으로 갔으리라고 생각하나요? 어디 궁금하면 얘기를 들어 보라고요! 여러분도 다 알다시피 하비브 사아디의 집은 잘랄 파샤의 집 맞은편에 있습니다.

그 두 집을 갈라놓는 것은 자그마한 정원 하나뿐이죠. 하비브는 술 마시고, 노래부르고, 꿈꾸기를 좋아하며 (바울을 가리키면서) 이 우상을 숭배한답니다. 파샤의 저택을 나선 바울은 잠시 동안 길의 한가운데 서서 반란을 일으킨 왕국을 진압하기 위한 전투 계획을 세우는 전군 최고 사령관처럼 이마를 손으로 문지르더군요. 그러더니 갑자기 하비브의 집으로 걸어가서 초인종을 울렸습니다.

하비브가 잠옷 바람에 하품을 하며 나타났습니다. 바울과 거문고를 겨드랑이에 끼고 있는 나를 보더니, 마치 천국의 문이 열리고 하느님이 우리들을 그에게로 보내기라도 한 것처럼 그의 두 눈은 빛났습니다.

"이 축복받은 시간에 무엇이 당신을 이곳으로 오게 했나요?"

그가 우리들에게 말했습니다. 그리고 바울이 대답했습니다.

"우리들은 당신의 집에서 잘랄 파샤의 아들을 위한 피로연을 축하하기 위해 찾아왔습니다."

그러자 하비브가 대답했습니다.

"파샤의 집이 당신에게는 충분히 크지를 못하던가요?"

바울이 반박했습니다.

"파샤의 집에는 우리들의 음악을 제대로 감상할 만한 참된 귀가 없고, 그래서 우리들은 당신의 집으로 찾아온 것입니다. 아라크(레바논의 술 이름이다.)와 안주나 가져다주시고 질문은 더 이상 하지 마십시오."

우리들은 편안하게 자리를 잡고 앉았습니다. 바울은 두 잔의 술을 마시고 난 다음에 잘랄 파샤의 집을 향한 창문들을 모두 열어 놓고는 나에게 거문고를 넘겨주더니 이렇게 말하더군요.

"이건 당신 물건입니다. 모세, 그것을 살모사로 만들어 오랫동안 잘 연주해 주기를 바랍니다."

나는 내 거문고를 집어 들고 얌전히 연주를 했습니다. 바울이 파샤의 집을 향하더니 한껏 목청을 돋워 노래를 불렀습니다.

(살렘이 잠깐 말을 중단했다가 보다 진지한 어조로 얘기를 계속했다.)

나는 15년 동안 바울을 사귀어 왔습니다. 우리들은 학교도 같이 다녔고요. 나는 그가 즐거운 기분이나 슬픔을 느낄 때 노래부르는 것을 들어 봤습니다. 나는 하나뿐인 자식을 잃은 미망인처럼 그가 통곡하는 것을 듣기도 했고, 그가 연인처럼 노래를 하고, 승리자처럼 읊조리는 소리도 들었습니다. 나는 그가 한밤의 침묵 속에서 잠든 사람들을 황홀하게 매료시키는 속삭임처럼 노래하는 소리도 들어 보았습니다.

나는 그가 레바논의 계곡에서 머나먼 곳의 교회 종소리에 맞춰 노래를 불러 마력과 경이감으로 공간을 가득 채우는 것도 들었습니다. 나는 그가 노래부르는 것을 수없이 들었고, 그의 모든 힘을 알 수 있다는 생각도 들더군요. 하지만 어젯밤, 그가 파샤의 집을 향하여 노래를 불렀을 때는 나 자신에게 이렇게 말했어요.

　"이 사람의 삶에 대해서 나는 얼마나 모르고 있었던가!"

　그제야 나는 그를 이해하기 시작한 것입니다. 과거에는 그의 혀가 노래하는 것만 들어 왔지만, 어젯밤에는 그의 심성과 영혼의 소리를 들었습니다. 바울은 한곡 한곡 계속해서 노래를 불렀습니다. 나는 연인들의 영혼이 우리들의 머리 위에서 떠다니며 속삭이고, 아득한 과거를 회상하고, 밤의 어둠이 덮어 버린 인간의 희망들과 꿈들을 벗겨 내고 있다는 기분을 느꼈습니다.

　그래요 여러분, (바울을 가리키며) 이 사람은 어젯밤에 예술의 사다리에서 가장 높은 가로막대까지 올라가 별들이 있는 곳에 다다랐으며, 동틀 녘까지 땅으로 내려오지 않았습니다. 그때쯤에 그는 적들을 진압했으며 그들을 밟고 일어서게 되었습니다. 그의 목소리를 듣고는 파샤의 손님들이 창문으로 몰려왔고, 어떤 사람들은 밖으로 나와 정원의 나무 밑에 앉아서 도취시키는 신성한 선율이 그들의 마음을 가득 채우는 사이에 어느덧 그들을 모욕하고 분개하게 만들었던 우상을 용서하기에 이르렀습니다. 어떤 사람들은 환호성을 올리며 그를 찬양했으며, 또 어떤 사람들은 그를 저주했습니다.

　손님들에게서 내가 얘기를 들은 바로는, 잘랄 파샤가 사자처럼 으르렁

거리며 홀에서 오락가락 서성거리면서 바울에게 저주를 퍼붓고, 그의 노래를 들으러 가기 위해 잔칫상을 두고 나가 버린 손님들에게 욕설을 퍼부었다고 하더군요. 자, 이제 여러분은 마지막 부분의 얘기를 들었는데, 이 미치광이 천재를 어떻게들 생각하십니까?

요시프

나는 이것이 오직 그에게만 관련된 개인적인 문제라는 사실을 알고, 그의 비밀들과 의도들을 이해하는 체하고 싶지는 않기 때문에 바울을 탓할 생각은 없습니다. 나는 예술가의 개성, 특히 음악가의 개성이 보통 사람들하고는 다르다는 사실을 깨달았습니다. 그들의 행동을 평범한 자로 잰다는 것은 옳은 일이 아닙니다.

예술가는—내가 말하는 예술가란 그의 생각들과 감정들에 대한 새로운 이미지들을 창조하는 사람들을 의미하는데—그가 아는 사람들, 심지어는 그의 친구들 사이에서도 이방인이나 마찬가지입니다. 다른 사람들이 서쪽으로 향할 때 그는 동쪽으로 향합니다. 내면에서 그에게 영향을 끼치는 것이 무엇인지를 그 자신도 이해하지 못합니다.

그는 즐거워하는 사람들과 어울려 비참해하기도 하고, 우울한 사람들과 어울려 행복해하기도 합니다. 그는 유능한 사람들 중에서 나약하고, 나약한 사람들 중에서 유능합니다. 사람들이 그 사실을 좋아하든 말든, 그는 법을 초월한 인간입니다.

칼릴

당신이 하는 말은, 요시프, 예술에 관해서 당신이 쓴 글과 그 의미에 있어서 차이가 없어요. 내가 한 구절 인용해 보겠어요.

"여러분이 주장하는 유럽의 정신이 언젠가는 하나의 민족이요, 백성으로서의 우리들에게 파멸을 가져다줄 것이다."

요시프

당신은 어젯밤에 바울이 취한 행동을 당신이 반대하는 유럽의 영향력과 결부시키려고 하나요?

칼릴

나는 그를 존경하기는 하지만, 바울이 한 행동에 대해서는 크게 놀랐습니다.

요시프

그의 예술과 음악에 있어서 그가 원하는 대로 할 권리와 자유가 바울에게 없나요?

칼릴

그래요. 추상적인 의미에서라면 그는 원하는 대로 무엇이나 다 할 수 있는 권리가 있지만, 내가 보기에 우리들의 사회 체제는 이런 종류의 자유를 용납하지 않습니다. 우리들의 성향과 관습과 전통들은 어젯밤에

바울이 한 행동에 대해 비판의 표적이 되지 않고 그냥 넘어가게 내버려
두지를 않습니다.

엘렌

이 흥미 있는 논쟁의 주인공이 마침 이 자리에 있으니까, 우리 그의 얘
기를 들어 보는 것이 어떨까요? 나는 그가 자신을 변호할 능력을 틀림없
이 가지고 있으리라고 확신합니다.

바울

(잠시 침묵을 지키고 나서) 난 살렘이 이 얘기를 꺼내지 않았더라면 좋
았으리라는 생각이 듭니다. 어젯밤에 벌어진 일은 다 과거지사이니까
요. 하지만 칼릴이 말했듯이 나는 지금 비판을 받는 대상이 되었으니까
이 문제에 있어서 내가 생각하는 바를 털어놓겠어요.

여러분 모두가 알다시피 나는 오래전부터 비난을 받아 왔습니다. 나
는 버릇이 고약하며 변덕이 심하고, 명예를 누릴 자격이 없는 사람이라
는 소리를 듣습니다. 그런 가혹한 비판을 받아야 할 이유는 과연 무엇일
까요? 그것은 내가 바꿀 수도 없으며, 비록 바꿀 수 있다 하더라도 바꾸
고 싶지 않은 내 성격이 지닌 그 무엇에 대한 공격입니다. 그것은 아첨에
의해서 현혹되거나 팔리기를 거부하는 나의 주체성입니다.

이 도시에는 노래를 부르는 사람들과 음악가들이 많고, 시인들과 비평
가들과 학자들도 많으며, 향로를 받드는 사람들과 거지들도 많습니다.
그들은 하나같이 동전 한 닢을 위해서, 한끼의 식사를 위해서, 한 병의

포도주를 위해서 그들의 목소리와 사상과 양심을 팔아 버립니다. 우리들의 태수들과 유지들은 헐값으로 예술가들과 학자들을 사들여서, 길거리 공원에다 그들의 말과 마차를 전시하듯, 그들의 정원에다 그들을 전시합니다.

그래요. 동양에서는 가수들과 시인들이 노예와 향로를 받드는 하인보다 거의 나을 바가 없습니다. 그들은 결혼식장에서 노래를 하고, 잔치에서 웅변을 하고, 장례식에서 곡을 하고, 무덤 앞에서 찬미하는 일을 하기 위해 불려 다닙니다. 그들은 슬픔과 기쁨을 얘기하는 기계나 마찬가지입니다. 만일 그들을 필요로 하는 행사가 없을 때는 이 기계들은 사용하고 난 식기처럼 한쪽 구석으로 밀려납니다.

나는 부유한 자들을 탓하는 것이 아니고, 그들 자신에 대한 존경심이 결여된 가수들과 시인들과 학자들을 탓합니다. 나는 유치하고 사소한 것들을 무시할 줄 모르기 때문에 그들을 탓하는 것입니다. 나는 굴욕보다 차라리 죽음을 선택하려고 하지 않기 때문에 그들을 탓합니다.

칼릴

(흥분해서) 하지만 손님들과 주인은 어젯밤 당신에게 노래를 불러 달라고 애원했어요. 당신이 노래를 부르는 것이 어째서 굴욕이란 말인가요?

바울

만일 내가 어젯밤 파샤의 집에서 노래를 부를 수만 있었다면 나는 기꺼이 그렇게 했을 것입니다. 하지만 주위를 둘러본 나는 그들의 귀에서는 전능한 디나르의 메아리 소리만 울리고, 삶에 대한 그들의 지혜란 다른 사람들을 희생시켜 가면서 자신들의 출세만 꾀하는 그런 부유한 사람들밖에는 아무도 눈에 띄지를 않았어요.

그런 사람들은 시와 천박한 낙서를, 참된 음악과 깡통 소리를 구별할 줄도 모릅니다. 나는 장님들에게 보여 주기 위한 그림은 그리지 않을 것이며, 귀머거리들에게 내 영혼의 소리를 내지는 않을 것입니다.

음악은 정신의 언어입니다. 그 숨겨진 흐름은 노래하는 사람의 심성과 듣는 사람의 영혼 사이에서 진동을 일으킵니다. 듣거나 이해할 능력이 없는 사람들에게라면 가수는 그의 마음속에 담긴 내용을 제공할 수가 없습니다.

음악은 줄이 팽팽하고 민감한 바이올린입니다. 만일 줄이 느슨해지면 바이올린은 기능을 제대로 발휘할 수가 없습니다. 어젯밤 파샤의 집에서 손님들을 보았을 때는 내 영혼의 현들이 헐거워졌습니다. 나는 거짓되고 얄팍한 자들과 어리석고 삭막한 자들과 허세를 부리고 교만한 자들 이외에는 아무것도 보지를 못했습니다.

그들은 내가 그들에게서 등을 돌렸기 때문에 내 노래를 들으려고 애원했던 거예요. 만일 내가 돈이나 받고 개구리처럼 노래를 부르는 사람이었다면 아무도 나에게 귀를 기울이지 않았겠죠.

칼릴

(농담조로) 그래도 어쨌든 당신은 그 분풀이를 하느라고 하비브의 집

으로 가서 자정부터 동틀 녘까지 노래를 불렀잖아요.

바울

내가 노래를 불렀던 까닭은 내 마음속에 담긴 것을 쏟아 내고, 삶과 세월을 탓하고 싶었기 때문이었습니다. 나는 파샤의 집에서 느슨해진 내 영혼의 현들을 팽팽하게 당겨 놓으려는 비통한 욕구를 느꼈습니다.

하지만 만일 분풀이를 하기 위해 내가 그랬다고 당신이 생각한다면 마음대로 그런 말을 해도 좋아요. 예술이란 자유롭게 하늘 높이 솟아오르거나, 땅위에서 즐겁게 돌아다녀도 좋은 새나 마찬가지이니까요. 새의 그런 습성은 어느 누구도 바꿔 놓을 수가 없습니다.

예술이란 돈을 주고 사거나 팔 수가 없는 혼(魂)입니다. 우리 동양인들은 이 진리를 터득해야만 합니다. 우리들 중에서 붉은 유황만큼이나 희귀한 예술가들은 신성한 포도주가 가득 담긴 병이나 마찬가지이기 때문에 스스로 그들 자신을 존중해야만 합니다.

요시프

나도 당신하고 같은 생각입니다. 바울, 이것은 나에게 새로운 무엇을 가르쳐 주었어요. 당신은 참된 예술가이지만, 나는 예술을 추구하고 찬미하는 사람입니다. 우리들 사이의 차이점은 오래된 포도주와 신 포도의 차이와 같습니다.

살렘

나는 아직 납득이 가지를 않았고, 앞으로도 절대로 납득이 가지 않을 겁니다. 당신의 철학은 낯선 땅에서 전염되어 생겨난 병이나 마찬가지입니다.

요시프

만일 어젯밤에 바울이 노래하는 것을 들었더라면 당신은 그것을 병이라고 부르지는 않았겠죠.

(이때 하녀가 들어와서 "다과를 식탁에 차려 놓았습니다."라고 알린다.)

요시프

(자리에서 일어나며) 카나페를 준비했는데, 이건 바울의 목소리만큼이나 달콤하답니다.

(모두 자리에서 일어선다. 요시프와 칼릴과 살렘이 홀에서 나간다. 바울과 엘렌은 머뭇거리며 뒤에 남아 다정한 미소와 열렬한 시선을 서로 주고받는다.)

엘렌

(속삭이는 목소리로) 내가 어젯밤 당신이 노래하는 것을 들었다는 사실을 아시나요?

바울

(놀라서) 그게 무슨 소리인가요, 엘렌?

엘렌

(수줍어하며) 나는 언니 메어리의 집에 갔다가 당신 노래를 들었어요. 형부가 출장을 갔는데 언니가 혼자 있기가 무섭다고 해서 난 그곳에서 밤을 보냈죠.

바울

당신 언니는 소나무 공원에서 살고 있나요?

엘렌

아뇨. 하비브의 집에서 길 건너편에 살아요.

바울

그럼 당신은 정말 내가 노래하는 걸 들었나요?

엘렌

그래요. 나는 자정부터 동틀 녘까지 당신의 영혼이 부르는 소리를 들었답니다. 나는 당신의 목소리를 통해서 신이 하는 얘기를 들었어요.

요시프

(옆방에서 소리쳐 부른다.)

카나페가 다 식겠어요.

(엘렌과 바울이 홀에서 나간다.)

막

엮은이의 말

칼릴 지브란의 예언적인 잠언들과 비유담들을 이곳에 새로 모아 엮어서 번역해 놓은 것은 사상과 표현에 있어서의 아름다움을 사랑하고, 예술에 헌신했던 그를 기리기 위해서이다.

『예언자』의 저자를 존경하는 영어권의 수백만 독자에게 믿음과 축복이 풍요로운 영혼의 정신적 밭에서 더 많은 결실을 거둘 수 있게 제공하게 된 것을 나는 기쁘게 생각한다.

이 글 가운데에는 그의 국가로부터 추방되고, 그의 종교로부터 파문당했던 유형의 시절에 지브란이 남긴 통렬하고도 예리한 글들이 포함되어 있다.

여러 해가 지난 다음 그는 추방 생활로부터 귀국하도록 허락을 받았고, 교회도 그를 환영했다. 그는 엄청난 양의 글을 썼으며, 그의 독특한 문학적 그리고 예술적 활동을 통해서 30여 개국 사람들의 정신적인 삶을 풍요롭게 만들어 주었다.

그는 영혼과 윤리에 대한 숭고하고도 비종파적인 헌신을 끝까지 지속했다.

지브란의 글을 처음 읽는 사람에게는 그가 거의 무서울 정도로 생생하게 포착한 정신성의 현실을 오묘한 레이스 같은 시(詩)의 형태로 엮어 내는 사람이라는 점을 지적해 주는 것이 좋으리라고 생각된다.

그의 글이 지닌 독창성과 힘은 10여 개 언어권의 수백만 독자들로부터 찬사를, 그리고 심지어는 경탄을 받아 왔다.

그는 화가로서도 거의 비슷한 인정을 받았다. 세계의 여러 대도시에서는 그의 그림과 삽화들이 가끔 전시되기도 한다.

위대한 로댕이 그의 초상화를 다른 사람한테 그리게 하고 싶었을 때, 로댕 자신과 그리고 윌리엄 블레이크와 비견할 만한 인물이었던 지브란에게 청탁했다.

서방 세계에서는 시인이요, 사상가이며 화가인 그를 '20세기의 단테'라 불렀으며, 동양인들은 '사랑하는 스승'이라는 명칭을 그에게 붙여 주었다.

1931년에 지브란의 장례 행렬에 참석했던 어느 상객은 그 광경을 상상도 못할 정도라고 묘사했다. 동양의 하늘 아래 존재하는 모든 종파를 대표해서 수백 명의 성직자들과 종교계의 지도자들이 엄숙하게 그 장례식에 참석했다.

그들 중에는 마론파 천주교, 시아파 회교, 프로테스탄트, 마호메트교, 희랍 정교, 유대교, 수니 회교, 드루즈 회교, 그리고 다른 종파의 사람들도 포함되어 있었다.

　그리고 지브란이 교회에서 차지하는 위치를 완전히 복권시켜 주는 의미에서, 그가 어린 시절에 다녔던 교회인 레바논 베샤르에 있는 마르 사르키스 수도원의 동굴 무덤에 안치했다.

—텍사스의 오스틴에서 안토니 R 페리스